Hermann Hesse
Eine Stunde hinter Mitternacht

> Streute ewiger Lenz dort nicht auf stiller Flur
> Buntes Leben umher? spann nicht der Frieden dort
> feste Weben? Und blühte
> Dort nicht ewig, was Einmal wuchs?
>
> Novalis.

Verlegt bei Eugen Diederichs
Leipzig 1899

Inhalt.

Seite

Der Inseltraum ✿ ✿ ✿ ✿ ✿ ✿ 1
Albumblatt für Elise ✿ ✿ ✿ ✿ 29
Die Fiebermuse ✿ ✿ ✿ ✿ ✿ ✿ 31
Incipit vita nova ✿ ✿ ✿ ✿ ✿ 36
Das Fest des Königs ✿ ✿ ✿ ✿ 39
Gespräche mit dem Stummen ✿ 63
An Frau Gertrud ✿ ✿ ✿ ✿ ✿ ✿ 70
Notturno ✿ ✿ ✿ ✿ ✿ ✿ ✿ ✿ ✿ 76
Der Traum vom Ährenfeld ✿ 82

Der Infeltraum.

Eine langhin gewölbte, sanfte Welle hob meinen Kahn mit dem gerundeten Bug auf das Gestein. Ein schiffbrüchiger Träumer verließ die Ruderbank und dehnte die Arme dem stummen Lande entgegen. Mein purpurner Mantel war mürbe geworden und warf von den Hüften abwärts weiche demütige Falten. Meine Arme nnd mein Hals waren von Rudern und Fasten mager geworden, mein Haar war lang gewachsen und bog sich in dichter Fülle in den Nacken. In dem dunkelgrünen, stillen Gewässer der Bucht lag mein Spiegelbild gebreitet, und ich sah, daß auf der langen Fahrt alles an mir anders geworden war, brauner, schlanker und biegsamer. Auf meinen Wangen hatten grausame Stunden Denkmale ihrer Gefahren und Niederlagen und Überwindungen geschaffen. Alle Morgen ohne Sonne, an denen ich mit wunden Gliedern an mein Fahrzeug geklammert hing, alle Stürme, die mir die Abgründe des Meeres zeigten, hatten sich mir in Ecken und Furchen mit tiefer Schrift auf Wangen und Hals geschrieben. ✣✣✣✣✣✣

Aber meine Augen standen klar in weiten Höhlen, mit wachsamen Kinderblicken. Sie hatten viele Nächte durchwacht und nach den ewigen Sternen gesucht und die farbigen Nächte des Meeres aufmerksam durchdrungen nach auf-

steigenden Segeln oder Geftaden. Sie hatten viele
Tage lang keinen Staub gefehen und felten nur mit
lächelnder Sehnfucht von ferne das Grün vorüber-
gleitender Wälder und den Rauch aus fernen,
verborgenen Städten geftreift. Nun lachten fie
hell und grofs mich aus dem glatten Spiegel an.
Und nun tranken fie den lange entbehrten Anblick der weifsen Steine, der bräunlichen
Erde, der Gräfer und Gebüfche. Ich fah die Luft
um die Gebüfche wie einen feinen, weifslichen
Rand, denn ich war lange der Luft entwöhnt,
welche über Erde und Grünem ift. Meine Nüftern
fogen mit fcheuer Luft den vollen, zärtlichen Duft
der Wiefe und des nackten Bodens, und mein
fufs trat ftark und fchonend zugleich auf das
köftliche Gut des feften Erdreiches.
Ein Wind kam läffig vom Lande zu mir ge-
flogen. Er trug einen Geruch von Wald-
kraut und einen leifen Duft aus entfernten Gärten.
Da reckte ich in füfser Wonne ihm beide Arme
weit entgegen und fühlte mit Luft feinen weichen
Hauch meinen Fingern und Händen entlang und
an meinen Schläfen hin gleiten, die der fchneidenden
Seewinde gewohnt waren.
Ich zog mein graues Boot auf den Sand und
ftrich mit der Rechten über die harte Wölbung
des Bordes, die von meinen klammernden Händen
geglättet war. Darauf wandelte ich landeinwärts
bis zu dem hohen Gebüfche, das dicht und ring-

förmig wie eine Mauer stand und sich weiter erstreckte, als meine Blicke reichten. Ich ging der grünen Hecke entlang und freute mich des warmen, bläulichen Schattens, der von grüngoldenen Lichtern durchwirkt war. Mein Gang führte über eine Wiese mit weichen Gräsern, welche allmählich höher wurden und mit seidenen Blüten meine Kniee berührten. Die grasige Fläche lag im hellen Sonnenlicht, nur der Rand, den ich entlang schritt, war von den hohen Büschen mit einem gleichmäſsigen Schattenbande gesäumt.

Indem ich weiter schritt und eine linde Müdigkeit meine Kniee leicht befing, that sich zu meiner Linken ein schmaler Eingang, einem Thore ähnlich, in die Gebüsche auf. Ich erblickte ein grünes Dunkel, von einem Muschelpfad durchschnitten, und im Hintergrunde ragende Baumkronen. Der Eingang aber war durch eine künstlich gewundene Blumenkette verboten. Ich stand eine Weile, und meine Augen badeten sich in dem zarten Dämmer und erfreuten sich an der Stufenfolge sanfter Farben. Denn von der lichtgrünen Hecke bis zu den halbsichtbaren Geheimnissen des innersten Haines zerfloſs das Grün in tausend Schatten; das Auge folgte begierig dem mählich vertieften Dunkel bis zu den entferntesten, braunen Waldfarben und kehrte mit neuer Lust zu dem gelblichen Licht der besonnten Wiese zurück.

Ich löſte die Blumenkette in fröhlichem Übermut von den rundköpfigen Pfeilern, daſs der Eingang offen lag, und ſchlang das rot und weiſse Gewinde um Hals und Hüften, ſo daſs ich wie zu einem Sommerfeſte geziert war. Darauf ging ich behutſamen Schrittes dem halben Dunkel entgegen. Ich fand ein genaues Kreisrund aus dem Dickicht geſchnitten, mit dichten Wänden von jungen Stämmen und Büſchen, und auch der ſchmale Pfad war künſtlich durch das wilde Gehölz gehauen. Durch die Wipfel überhängender Bäume ſank ein braun und grünes Licht. In dem runden Aushau war die Erde mit hellem Sande beſtreut, und zwei ſchmale, halbrunde Sitzbänke aus Marmor ſtanden einander gegenüber. Eine tiefe Waldſtille lag darauf. Ich wandte mich und folgte dem Pfad, der in die Tiefe des Haines führte. Mein Haupt ward von dem ungewöhnten Dufte ſchwer und ich hörte das Klingen meines raſchen Blutes. ✿✿✿✿✿✿✿✿✿✿✿✿

Als ich einige Zeit gegangen war, wuchs die Schwere meiner Kniee, und ich erſehnte einen Ort zu ruhen. Indem bog ſich mein Weg und wurde breiter, und die auf beiden Seiten ſchnell zurücktretenden Waldwände gönnten den Anblick eines lichten Raumes, welcher ſich weit ausdehnte und wie ein Garten anzuſehen war. Viele breite und ſchmale Wege, oft von Gebüſch geſäumt, ſchlangen ſich um Raſenflächen und um Beete, in welchen Rosen und andere vielfarbige Blumen in Pracht und Fülle wohlgepflegt und ohne braune Blätter standen. In der Mitte des ebenen Gartens erblickte ich edle Gruppen alter Bäume, hinter denen ein Bau, Palast oder Tempel, aus Marmor in dämmerndem Weiss sich zeigte.

Eine niedrige Bank, von grosen Cypressen ganz beschattet, zog mich an. Ich setzte mich in den weichen Rasen und lehnte das Haupt mit darunter gekreuzten Armen gegen den steinernen Sitz, wie ich zuweilen in stillen Nächten an meiner Ruderbank gelegen hatte. Ich schaute hoch über mir den weiten Himmel in wunderbarer Bläue und wenig kleine, blanke Flaumwölklein ruhig stehend, dann schloss ich die Augen und ergötzte mich an dem roten Schimmer, der mir durch die Lider drang. Darauf neigte der Gott des Schlafes sich über mich und löste mir wohlthätig die müden Glieder.

Meine Seele hob die Schwingen im Traum; die Bilder von gestern und ehegestern erwachten zu neuer Schrecknis oder Trauer. Das Meer umdrängte mein Fahrzeug mit peitschenden Wassern und der Himmel zürnte in Unwettern. Und gewaltiger als der Himmel lag die lautlose, lang ersehnte, schwer zu tragende Einsamkeit über mir. Und dahinter das Land, aus dem ich mich gerissen, mit geräuschvollen Städten. Ein müdes Echo, ein halbverlorener Duft, ein halbvergessenes Jugendlied — so war in Schmutz und Geräusch ein Schimmer von Schönheit und Kunst gegossen. Wie oftmals sah ich dort ihr scheues Licht in ängstlichen Reflexen, und zitterte mit ihr, und litt mit ihr! Ferner noch mit altmodisch lichten Himmeln lagen die Frühlinge meiner Kindheit und rührten mit zärtlichem Dufte an mein Herz.

Auf leisen Fittichen flog mein Traum über die verschlungenen Pfade meines Lebens zurück bis zu den ersten Sonnenaufgängen, und schwebte lang in verflogener Schwermut über den ersten Bergen, die ich erstieg, und über dem Haus meines Vaters.

Die Sonne war über die Ränder der Cypressenwand gestiegen und traf meine schlummernden Augen mit heißem Lichte. Ich hob das Haupt und erwachte zum neuen Anblick des tiefen Himmels und des grünen Gartenlandes.

Helle Stimmen klangen in mein Ohr und ich hörte, daß es Menschenstimmen waren, welche in übermütigen Rufen ihre Lust kundgaben. Es war aber in diesen Stimmen ein reiner, meertiefer, metallener Grund, den ich nie bei Menschen vernommen hatte und welcher an den unberührten ersten Fall einer frischen Quelle erinnerte, so ohne Wissen von Unrat und so voll von Lust am Leben und an der eigenen Schönheit. Es war darin der ſtarke und ſüſse Ton, den wir mit unbeſchreiblicher Beklemmung zu hören vermeinen, ſo oft unſre Seele mit den Menſchengeſchlechtern der alten, goldenen Zeitalter traurige Unterredungen pflegt. ⁕⁕⁕⁕⁕⁕⁕⁕⁕⁕⁕⁕⁕⁕⁕⁕

Indem ich vorſichtig die breiten Fächer der Zweige teilte, erblickte ich eine Schaar junger Frauen mit ſchlanken Leibern um einen vergoldeten Ball bemüht. Sie waren in zwei Lager geteilt und führten einen anmutigen Krieg um den Beſitz des blanken Zierats, den ein lachendes Mädchen immer von neuem über ihre Häupter hin empor warf. Sie trugen helle, weite Gewänder und die Haare zumeiſt in einfache Knoten gebündelt. Ich ſah die reinen Linien der Hälſe und Nacken, wenn ſie ſich bückten oder mit ganz zurückgelegten Häuptern nach dem Fall des Spielzeuges ſpähten. Ich ſah die zarten Grübchenformen der Knöchel, über denen ſich goldene oder weiſse Sandalenbänder kreuzten. Ich ſah die bewegten ſchlanken Leiber, beim Laufen vorgebeugt, und die ſchönen, leicht geröteten Arme, die ſich häufig aus den weichen Falten der Oberkleider reckten. ⁕⁕⁕⁕⁕⁕⁕⁕⁕⁕⁕⁕⁕⁕⁕

Plötzlich vernahm ich ein Wipfelzittern über mir, und der goldene Ball fiel neben mich weich in den Raſen. Ich nahm ihn auf, und mein Herz begann mit haſtigen Schlägen zu pochen wie Einem, der einer groſsen Gefahr oder einem groſsen

Glücke unvermutet ins Auge sieht. Die Spielerinnen eilten schon meinem Versteck entgegen.

Ich brach durch den Busch und stand wie ein Gespenst vor der hellen Schaar, den Ball in der Rechten hoch empor haltend. Ich warf ihn in die Lüfte, aber sie wichen seinem Falle aus und standen mit erstaunten Augen vor dem Fremden. Da ich näher schritt, teilte sich ihre Menge und liefs eine breite Gasse meinem Wandel frei. Aufschauend gewahrte ich eine hohe Frau mir nahe gegenüber stehen, welche die Schönste und die Königin der andern war.

Ich schlug den Blick zum Boden nieder und neigte mich vor ihr. Ein weifses Kleid flofs in priesterlichen Falten lang von ihren Knieen, und sie war von einer solchen Reinheit und Würde umgeben, dafs plötzlich mein Sinn klein und voll Scham wurde. Alle Irrwege, die ich gegangen war, alle Lästerungen, die ich gethan hatte, und alles Häfsliche und Kranke meines unstäten Lebens ward mir schwer bewufst, und aller Glanz und Stolz fiel von mir ab. Ich lag auf den Knieen und beugte mein Haupt in Scham und Demut, da sie ihre reine Stimme erhob. Ihre Stimme war voller und prächtiger als die Stimmen der übrigen Frauen, und hatte einen fürstlich hohen Ton, vor dem meine Scheu erschrak. „Was suchst du hier, mein Freund, und wie hast du den Weg zu uns gefunden?"

Ich schaute auf und sah grosse Augen ernst auf mich gesenkt. „Den Weg zu dir fand ich durch hundert einsame Tage und Nächte auf dem feindlichen Meer, durch hundert Ängste und bange Nachtwachen. Mein Arm ist hager geworden von der Mühsal der Fahrt, und meine Hände sind wund geworden. Ich trage einen Purpur, der aus deinem Lande ist und von dir mir in die Wiege ist gelegt worden. Aber meine Hände sind befleckt und meine Augen voll Ekels geworden, ich bin müde und unwert, den Purpur länger zu tragen, der für frohe Hände und selige Augen bestimmt ist. Und bin gekommen, ihn zurückzugeben."

So wenig gilt dir der königliche Schmuck?" fragte die Königin und heftete wieder unbeweglich den ernsten Blick auf mich. „Ich kenne dich wohl, du Müder. Ich bin über deinem Leben gewesen, ich habe deiner Kindersehnsucht von blauen Bergen und deiner Knabenfrömmigkeit von Göttern erzählt. Ich zeigte manches Mal deiner Ahnung die Bilder und Gleichnisse der Schönheit. Warst du es nicht, der die Tempel, in welchen ich dich beten lehrte, zerstört und der die Gärten der Liebe, deren Pforte ich dir zeigte, geschändet hat? Warst du es nicht, der die Lieder, die ich dich singen lehrte, in Gassenlieder verkehrte und der die Becher der Freude, die ich dir reichte, zur Trunkenheit missbrauchte?"

Ich war es. Ich ging in der Irre, so oft du mir ferne warst. Ich habe oft die Arme verlangend nach dir gebreitet und habe nach dir gerufen und alles Ehrwürdige meiner frühesten Jugend beschworen, aber du erhörtest mich nicht, und das Leben rollte tot an mir vorüber. Da verzweifelte mein Herz und fluchte seinen Göttern und sank von allen Höhen. Ich bin nun müde des Fallens und Wiederaufstehens — nimm dein Geschenk wieder, leg' es auf härtere Schultern, und laß mich werden, wie andre sind!"

Die Königin schaute zur Seite. Ich wagte einen schnellen Blick auf ihr Gesicht, das mir eigen vertraut erschien, und sah den Schatten eines Lächelns darauf. „Mich wundert", sagte sie, „daß solcher Kleinmut den beschwerlichen Weg zu unsrer Insel gefunden hat."

Nicht Kleinmut, meine Königin! Mich trieb der Ekel vom Leben, mich stieß der Dunst der Städte und die geräuschvolle Luft ihrer Tempel von sich, auf der Fahrt wuchs noch täglich mein Verlangen nach deinem Anblick. Arbeit und Gefahr hat mich herb gemacht, die Einsamkeit befreite mein Auge von den Dünsten des verlassenen Lebens. Und da ich dein Land mit sanften Höhen aus blaueren Meeren langsam erstehen sah, da lernte mein verjüngtes Herz einen neuen, fröhlichen Stolz. Als ich deinen Boden betrat, reckte ich Beterarme nach seinen Wundern aus, ich ging durch deinen Wald als ein Wiedergeborener. Wahrlich, fester zog ich den Purpur um meine Schultern und mein Gang war nicht der Gang eines Büßers. Hinter jenem Dickicht lag ich im Grase gestreckt und belauschte das Spiel deiner Frauen, und mein Herz schlug tiefe Schläge. Aber mein Auge ertrug deinen Anblick nicht; alles was unwert und krank an mir ist, übermannte mich vor deiner Reinheit." ͚ ͚ ͚ ͚ ͚ ͚ ͚ ͚ ͚ ͚

„Steh auf!" sagte sie nun mit einem gütig tiefen Ton, „und dränge mich nicht um eine Antwort. Sei mein Gast und versuche noch einmal, unter meiner Herrschaft zu leben!" Ich erhob mich mit unsicherem Blick. Die Schönste aber nahm meine linke Hand und führte mich zu den wartenden Frauen. „Begrüße meine Freundinnen", sagte sie, „und sieh, ob nicht eine dir bekannt ist."

Da geschah meinem Auge etwas Seltsames, indem ich mit einem freien Gruße unter die schönen Gestalten trat. Überall sahen bekannte Augen mich an, ich fand Bewegungen und Blicke, die ich zu andern Zeiten schon gesehen hatte, und wunderte mich, daß ich die Schönen nicht mit Namen zu nennen vermochte. Allmählich erkannte ich einige, und bald merkte ich wohl, daß alle schönen Frauen, die ich gekannt und bewundert hatte, hier versammelt waren. Eine jede aber war nur kenntlich durch eben die besonderen Seltenheiten, durch welche sie für mein Auge irgend einmal reizend, verschieden von den andern und schöner als die andern, hervorgetreten war. Alle Augenblicke meines Lebens, welche durch den Anblick der Frauenschönheit wertvoll und liebenswert geworden waren, lebten hier unvergänglich in herrlichen und vollkommenen Bildern. Von diesen Frauen konnte keine den übrigen vorgezogen oder nachgesetzt werden, nur die einzige Königin vereinigte auf eine wunderbare Art die vielfachen besonderen Schönheiten in ihrem vollkommenen Wuchse und in der Bildung ihres Angesichts, dessen Würde und Lieblichkeit ich über alle Bilder und Lobpreisungen erhaben fand. Ihre Augen aber, wenn sie die meinigen ruhig und freundlich trafen, riefen in mir den Frühling meiner ersten Liebe mit aller verlorenen und beweinten scheuen Wonne wach.

Die Nacht zog ihren schwarzen Kreis enger um die Gärten; sie kam rasch und herrisch wie die Nächte des Südens. Nach einander versanken Hügel, Wald und Gebüsche, bis auch die nahestehenden schnell und lautlos sich verhüllten und plötzlich in das Reich der Geheimnisse verschwanden.
Ich saß zu Füßen der Königin in dem weiten Halbrund einer offenen Halle. Die schweren Säulen hoben sich rein und ruhig, Wächtern gleich, von der matthellen Himmelsferne ab. Zwei rote Feuer brannten am Eingang in steinernen Becken, über uns hing eine silberne, vierflammige Ampel.

Von drei Seiten kam die schwere Nachtluft herein und führte den Duft des wohlriechenden Öles in langsamen Wogen davon. Das Meer, dessen Geräusch am Tage nicht bis in den Palast und die Gärten reichte, sang gedämpft in grosen Rhythmen. Der Gesang der Frauen war kaum verstummt und in der Luft lag noch ein feiner Nachhall festlicher Melodien. Mir wurde eine kleine fünfsaitige Laute gebracht, die Augen der Wartenden hingen an meinem Munde. Ich schlofs die Augen und sog den Duft der Nacht und fühlte ihr lindes Wehen in meinem Haar. Mein Herz war voll wehen Glückes und meine Stimme zitterte, als ich zu singen begann. Mein Finger rührte an die feinen Saiten — ich hatte lange Zeit nimmer gesungen, der Takt und Tonfall der Verse stieg mir neu und berückend zu Haupt. ⚜⚜⚜⚜⚜⚜
Ich sang von einem vergangenen Sommer, da zum ersten Mal mein Knabenauge an der Gestalt und dem Gange eines jungen Weibes hing. Und sang von den späten Abenden, da der Lindenduft schwoll und da ich mein wehes Verlangen mit wilden Schlägen über den schwarzen Weiher ruderte, da ich die Bänke und Wege und Treppen besuchte und alle Stätten, an denen ich die schlanke Wohlgestalt des Tages aus banger Ferne erblickt hatte. Von den Tagen, da meine Liebe mich auf heifsem Pferde in langen Ritten umhertrieb. Ich gedachte der in Fülle erblühten Rosenhecken und

pries die schattigen Gänge, welche der Duft des Jasmin erfüllte.

Von den Frauen lächelten manche, und manche sahen mich aus grosen Augen ernsthaft an. Als ich den Blick nach der Allerschönsten wandte, sah ich breite, bläuliche Lider über ihren Augen geschlossen und sah einen holden Mund und feine Wangen in sanften Frühlingsfarben, und eine blanke Stirn von krausem Blondhaar fröhlich verschattet. Ich erblickte das Bild meiner ersten Liebe, schön und verzaubert von Erinnerung und Heimweh, wie es manchmal in Lieblingsträumen mir erschien. Mein Herz war erregt und schwer von Liedern und Sehnsüchten einer andern Zeit. Ich berührte die Hand der Königin. „Erinnerst du dich, Lieblichste?"

Sie lächelte und schlug die Augen auf. „Sag', bist du nicht glücklicher als Andere gewesen?" Ich nickte leise mit dem Haupt und konnte mein Auge nicht von den Lippen wenden, die Elisens Lippen waren.

Bist du auch dankbar gewesen?" Da ward ich traurig und musste das Haupt wieder senken. Sie winkte einer der Frauen, welche aus dem mit reicher Kunst aus Silber getriebenen Mischkrug eine leichte Schale mit süsem Weine füllte. Sie nahm das zierliche Gefäs und bot es mir freundlich hin. „Du bedarfst nun der Ruhe. Trinke und lege dich schlafen. Meine

Gaftfreundfchaft wird deinen Schlummer beschützen." 🙞🙞🙞🙞🙞🙞🙞🙞🙞🙞🙞🙞🙞🙞🙞🙞🙞🙞
Ich trank und reichte der Gütigen dankbar meine Hand. Die fchöne Dienerin öffnete mir im Innern des geräumigen Palaftes ein Gemach, entzündete eine hängende Ampel und verliefs mich. Das Gemach war von mäfsiger Gröfse, mit hohen Fenfteröffnungen. In der Mitte war ein niedriges und einfaches Lager bereitet. Ich legte mich nieder und fah die Wände entlang in der Höhe des Eftrichs einen fchmalen Fries gezogen, darauf in halberhabener Arbeit die Tugenden Weisheit, Mäfsigkeit, Gerechtigkeit und Tapferkeit der Schönheit dienten und Opfer brachten. Die fanften und edlen Formen diefer Bilder breiteten ihre Ruhe und Einfalt auf meinen erregten Sinn und begleiteten ihn als fchwebende Traumbilder in den Schlaf. 🙞🙞🙞🙞🙞🙞🙞🙞🙞🙞
Als ich am frühen Morgen ftark und fröhlich erwachte, fah ich über mich ein helles Angeficht geneigt, das ganz von langen, mattfarbenen Haaren umkränzt war. Mein Herz erkannte das fchöne Bild und begrüfste die Wartende mit dem Namen, den fie trug, als noch ihr leifer Schritt ftundenlang neben mir durch Hain und Wiefen ging. „Frau Gertrud!" 🙞🙞🙞🙞🙞🙞🙞🙞🙞🙞🙞
Komm mit," rief fie bittend, „wir wollen die Wege auffuchen, die wir fonft gegangen find." Hinter dem Palaft und diefen weit über-

ragend war ein Hain alter Platanen, welche in Paare und Gruppen verteilt wie Freunde standen. Frau Gertrud ging neben mir auf dem gewundenen Fusswege. Der Weg aber und der Hain waren vollkommen dem Weg und Hain ähnlich, in denen wir vor Zeiten zu lustwandeln geliebt hatten. Mein Herz war weich und hörte Winde und Vogelrufe mit leiser Wehmut klingen. Durch denselben Rasen war mein Fuss einst geschritten, dieselben Winde und Vogelrufe waren einst in mein Ohr gekommen, und ich wusste kaum: war das gestern, oder war's vor vielen vergessenen Jahren. ❦❦❦❦❦❦❦❦❦❦❦❦❦❦❦❦❦❦

„Kennst du ihn?" fragte Frau Gertrud und legte ihre Hand an den gefleckten Stamm einer Platane, die wir damals, weil sie die älteste und höchste war, den „Vater" genannt hatten. Ich nickte still. „Und kennst du noch dieses Grün und Gelb, und diese Wege und Gebüsche?" Mir war wohl und müde zu Sinn. Ich nickte still.

„Dein Spätsommertraum!" sagte sie. „Dein Liebling! Die Lieder, die du von ihm gedichtet hast, die Tage, an denen du Heimweh nach ihm hattest, die Nächte, da er Dich auf breiten Flügeln besuchte, deine eigene Erinnerung und Sehnsucht ist es, welche dich umgiebt." ❦

Ich legte Frau Gertruds schmale Hand in meine Hand und fand wie vormals ein Wohlgefallen an ihrer adligen Form und Weisse, an den blass gezogenen Adern und an dem Hellrot der zarten Finger. „Weißt du noch", fragte Frau Gertrud, „jenen ersten Mittag unter den überhängenden Zweigen der Syringen?"

Ich weiß noch. Ich weiß auch alles noch, was damals war. Wie du mein Trost und Ratgeber warst und an die ferne Mutter mich erinnertest. Ich war krank und verirrt gewesen, da wecktest du, was noch fromm und ehrfürchtig in mir war. Du lehrtest mich wieder die verlorene Schönheit suchen und jung werden, wenn ich sie in herrlichen Augenblicken erschaute."

Einmal, mein Freund, wolltest du von mir und deinem Glücke ein Lied erschaffen. Weißt du noch? Deine Tage und Nächte waren des werdenden Liedes voll, und mit fleißiger Liebe suchtest du nach allem, was selten und kostbar ist, nach Lichtern und Tönen, die noch kein Künstler fand, nach Liebesworten und Worten der Ehrfurcht, die noch kein Dichter sagte. Siehe um dich! Hier liegt in ungehoffter Vollendung dein ganzes Lied. Bäume und Büsche in edlen Gruppen, goldene und braune Lichter, Gesänge auserwählter Waldvögel. Und auch mich siehe an! Was noch klein und zufällig und künstlich an mir war, das ist von mir genommen. Was du hier siehst, das alles ist schöner als alle Wirklichkeit, und wirklicher als alle Wirklichkeit. Erlausche jeden leisen Tonfall des Windes, trinke mit ungetrübten Augen die vielerlei Farben des Laubes, sorge, dafs dies alles dein eigen werde! In der Ferne wirst du des Nachts erwachen und wirst mit Qualen jeden Laut und jeden Schatten vermissen, dessen dein inneres Auge nicht mehr mächtig ist. Dann aber wird auf hundert Wegen dein Lied dir entgegenkommen, die Wonnen deiner ersten Gesänge werden dich heimsuchen, Fremdes wird mit Fremdem sich verbinden, dein Werk wird wachsen und an Leben zunehmen, bis es in einer stillen Stunde die Werkstätte verläfst und vollendet, rein und wohllaut vor Dir steht."

Frau Gertrud schwieg und legte wieder ihre Hand in meine Hand. Das Rauschen entfernter Wasserkünste klang kühl und freundlich zu uns her. Über das Himmelsrund, welches von den Platanenwipfeln eingeschlossen war, glitt ohne Flügelregen langsam hoch oben ein grofser Vogel.

Andern Tages wachte ich frühe auf, noch ehe die ersten Vögel sangen. In der Nacht war ein schwacher Regen gefallen. Die Erde war noch feucht und duftete herb. An den Blättern hingen klare Wassertropfen. Mit jedem Schritt und Atemzug fühlte ich in mir Jugend und Gesundheit. Die Fernen und der kräftig blaue Himmel hatten ein heiteres und jungfräuliches Ansehen.

Nur vor langer Zeit, als ich ein Knabe war und ehe die Ahnung der Liebe und heißblütiger Leidenschaften mich umtrieb, hatte die Erde mir dies genügsam fröhliche Gesicht gezeigt. ҉ ҉ ҉ ҉
Ich schlug einen wenig gepflegten Waldweg ein, der bald gegen die Mitte eines alten Forstes hin mehr und mehr verwilderte. Ein schwerer Wind fuhr über die Kronen alter Eichen, die mit vielfach gekrümmten Ästen über ersticktes Untergehölz hinweg einander umschlangen und gemeinsam als ein einträchtiges Riesengeschlecht nach Raum und Helle sich streckten. Oft fand ich auf den schwarzen Waldboden scharfe Spuren kleiner Hufe gedrückt, den Pfad der Quere schneidend, und einmal meinte ich im Halbdunkel eines nahen Dickichtes den feinen Kopf eines Hirsches sich schlank und königlich erheben und wenden zu sehen. Ich spähte und lauschte und stand manchmal mit verhaltenem Atem lange still, bis meinen oft erregten und getäuschten Sinnen der Wald voll von Erscheinungen und schweigsamen Wundern war. Ein breiter Bach ging brausend über Stein und Moos bergab in ein plötzlich hereintretendes Thal. In den Tiefen seines Bettes, die von Wasserstürzen überwölbt waren, schwammen lautlos und dunkel scheue Forellen und verschwanden wie dunkle Blitze, sobald nur mein Schatten über ihren Schlupfwinkeln hinwegstrich. ҉ ҉ ҉ ҉ ҉ ҉ ҉ ҉ ҉ ҉ ҉ ҉

Dem fröhlichen Stürmer folgend gelangte ich unversehens in ein wohlbekanntes Thal. An dessen Mündung bog ich um die vortretende Höhe und verließ den Bach, der zur andern Seite strebte und bald nur noch leise zu hören war. Ein junger Buchenstand, langsam sich lichtend, trat endlich ganz zurück und gab ein heimlich anmutendes Bild meinen Blicken frei. Mehrere Hügel streckten in ein breites Wiesenthal bewaldete Ausläufer vor. Vor mir lag in hohen Binsen ein dunkler Weiher, an dem ich als Knabe viele Mittagstunden verweilt hatte. Einzelne Laubbäume mit astlos hagern Stämmen und hohen, spärlichen Kronen spiegelten sich voll in der bräunlichen Fläche. Die ersten Lebensträume waren an diesem Schilfufer über die Tiefe meiner Knabenseele gegangen, sich in der unbewegten Fläche spiegelnd. Die ersten, wunderlich krausen Dichtergedanken hatte diese freundlich ernste Einsamkeit in mir erregt.

Ich beschattete meine Augen mit der Rechten und sog die milden Farben in mich ein, und die Stille, und den Frieden, von dem mir schien, als hätte ich ihn dort an den Lieblingsplätzen einer anderen Zeit zurückgelassen. Die trockenen Spitzen der Halme und Schilfblätter bewegten sich unregelmäßig mit einem leblosen Geräusch, welches die Stille noch fühlbarer machte. Am jenseitigen Ufer stieg aus dem warmen, feuchten

Boden ein dünner Dampf, der die weiter liegenden
Hügel mit dem hellen Himmel zu einer sanften
Ferne verband. Und über den nächsten Hügelrücken ragte kurz und spitz der schmale Turm
der Klosterkirche. Dort begann auch bald ein
reines Geläute. Die langen Töne gingen in milden
Wellen über mich hin.

Hinter dem Hügel wuſste ich das Kloster stehen,
wo ich zuerst über Heute und Morgen denken
lernte, wo ich zum erstenmal die herbe Süſsigkeit des Wissens kostete und die süſseren Ahnungen
verhüllter Schönheit. Dort vernahm mein empfänglicher Sinn alle grofsen Namen, die hoch
und feierlich über meinen Gedanken standen, die
grofsen Namen des Perikles, des Sokrates und
Phidias, und den gröfseren des Homer.

Mein Geist sah die Wölbungen der Säle und
die gotischen Fenster der Kreuzgänge deutlich vor sich stehen, und es zog mich stark hinüber, die wehe Lust des Wiedersehens zu kosten.
Aber ich blieb; ich fürchtete, mir das innere
Bild zu zerstören; ich fürchtete Andere dort gehen
zu sehen, wo ich in Träumen heimisch war.

Die Sonne glänzte auf der Spitze des Turmes.
Der Hügelrücken stand scharf und ernst
zwischen hier und dort, zwischen mir und jenen
untergegangenen Dämmerungen. Ich streckte
grüſsend die Hand aus und war im Innern bewegt. Ein Stück von mir lag dort begraben,

und welch eine fülle unentfalteter Regungen und unerlöfter Jugendträume! ╱╱╱╱╱╱╱╱╱╱
Ein schmaler Bretterfteg ragte in den Weiher. Ich befchritt das zitternde Gerüfte und beugte mich, wie ich oft gethan, über die Brüftung vor. Mein Spiegelbild lag ruhig im Waffer. Ich fuchte Züge an ihm, die mich an das Geficht erinnerten, welches damals aus derfelben Tiefe mich anfah. Dann verließ ich den ftillen Ort und wanderte langfam durch die Waldung zurück.╱╱╱╱╱╱
╱

Im Garten fand ich die Königin mit ihren frauen im Kreife fitzend. Eine Schale voll goldgelber, duftender früchte ging von Hand zu Hand, und jede der Spielerinnen mußte ein Wort über die früchte fagen, ehe fie eine der lockenden verfpeifen durfte. Die Schale fchwankte eben in dem Händlein einer kleinen Schwarzen, hinter deren Sitz ich gerade ankam, noch von einer Oleanderreihe verborgen. Die Kleine beugte fich über das fchöne Gefäß, einen hellen Nacken mit fchwarzen Ringelhaaren zeigend, und fuchte mit bedächtigen Augen die reiffte frucht. Diefe zog fie am Stiel mit zwei fingern heraus, hob fie bewundernd über fich und näherte fie langfam ihrem lüfternen Munde. "Da derjenige nicht hier ift", fagte fie lachend, "welchem allein ich die Süße gönnte, erlaubt mein Neid mir nicht, diefe Schönfte einer andern zu überlaffen." Sprach's und that

einen guten Bifs in das füfse Fleisch, indem ich
eben aus dem Gezweige hervortrat.

Die Frauen, welche mir gegenüber fafsen und
mich zuerst erblickten, brachen in ein luftiges
Gelächter aus, das sich zu beiden Seiten des
Kreises, da immer eine Nachbarin der nächsten
nach mir deutete, bis zu der vor mir Sitzenden
fortsetzte. Diese blickte mit Verwunderung im
Kreise umher, noch die Schale in der Linken,
lachte mit, ohne zu wissen warum, stand schliefslich
auf und drehte sich um, wobei sie erschrocken
und schnell errötend mich mit der angebissenen
Frucht berührte. Dann aber fafste sie sich eilig,
sagte herzhaft „Da!" und hielt mir den Bissen
vor den Mund.

Erst deinen Spruch!" ermahnte heiter die Königin. „Diese köstlichste eurer Früchte",
sagte ich schnell, „ist mir eine sichtbare Gunst
des Glückes, welche abzuweisen mir verderblich
sein würde. Also gönnt sie mir und erlaubt,
dafs ich meine tapfere Vorkosterin Fortuna nenne.
Tibi, Fortuna!" Der füfse Bissen erfrischte mich
bis ins Mark.

Indessen war es Mittag geworden und wir
wichen vor der heifseren Sonne in die Halle
zurück. Nebst den Früchten wurde Brot und
Honig gebracht, Milch in Kannen und Wein in
einem steinernen Krug. Wir bedienten einer des
andern Hände mit Wasserbecken und safsen fröh-

lich zu Mahl. Neben mir an saß Fortuna, viel geneckt und mit lächerlichen Kosenamen gerufen, tapfer und plaudernd. Sie schwieg aber und horchte, und ich auch, als eine der Frauen mit halbem Ernst Erzählungen aus meinem Leben vorzutragen begann, von den Meisten oft durch Gelächter und neue Geschichten unterbrochen. Auch die Königin nahm teil.

„Erinnerst du dich noch", sagte diese zu mir, „an die Geschichte vom Blondel, aus deiner Kinderzeit? Es ist den Dichtern gegeben, daß sie sich mehr als andre Menschen ihres frühesten Lebens erinnern. Wenn du noch weißt, so erzähle uns doch davon."

Die Begebenheit aus meiner ersten Knabenzeit, an die ich Jahre lang nicht gedacht hatte, stand plötzlich wieder deutlich vor mir, wie eine schüchterne Kindergestalt. Und ich berichtete: „Als ich noch klein und keine sechs Jahre alt war, geschah es irgendwo und wann, daß ich die Geschichte des Liedsängers Blondel zu hören bekam. Ich verstand sie wohl schlecht und vergaß sie bald, aber der zarte, freundliche Name Blondel blieb in meinem Gedächtnis und schien mir wunderbar fein und wohltönend, so daß ich ihn mir oft leise vorsagte. Mit diesem Namen genannt zu werden, dünkte mich über alles köstlich und herzerfreuend. Also überredete ich im Spielen bald einen nachbarlichen Kameraden, mich

so zu nennen, was mir überaus angenehm und
schmeichelnd war. Nun gewöhnte sich das Büblein
an meinen Spielnamen, und eines Vormittags
kam er vor unser Haus, um mich abzuholen,
stellte sich an den Zaun und rief aus vollem Halse
gegen die Fenster: "Blondel! Komm herunter,
Blondel!" Mein Vater und die Mutter und Besuche waren im Zimmer, und mein laut ausgerufenes Lieblingsgeheimnis beschämte und empörte mich so sehr, dafs ich mich nicht ans
Fenster zu gehen getraute und nachher meinem
erstaunten Kameraden zornig die Freundschaft
aufkündigte, welche freilich bald wieder zusammenwuchs."

So war es", sagte die Königin. "Nun aber,
wenn du willst, erzähle uns, wo du dich
heute am Morgen aufhieltest. Ich hatte gedacht
dir das morgendliche Meer zu zeigen; du aber
warst fort, ehe die Sonne schien."

Ich verspürte früh' eine Lust zu laufen und
geriet in einen tiefen Wald, der mich mit
allerlei Schatten und Geheimnissen weiter lockte,
bis ein liebliches Wunder vor mich trat. Ich
stand vor einem Weiher, dessen Spiegelgewässer
meine zartesten Jugendgedanken noch mit allem
kostbaren Duft bewahrt hatten. Über einen jenseitigen Hügel blickte der Turm des Klosters,
das vor Zeiten mich und meine liebsten Jünglingsträume beherbergt hat.

Ich weiß, sagte die Schönste, das war deine edelste und ehrfürchtigste Zeit. Damals sah ich dich schwermütige Waldwege thun und knabentraurig in gefallenen Blättern rauschen, und nie bin ich dir näher gewesen, als an jenen Abenden, da du deine Geige an dich nahmst oder das Buch eines verehrten Dichters. Damals sah ich die Schatten der späteren Jahre sich dir nähern und fürchtete für dich, und ahnte wohl, dass du einmal mit einer neuen Jugend und einer neuen Trauer zu mir kommen würdest. Um jener sehnsüchtigen Zeit willen liebte ich dich noch in deinen verlorensten Jahren."

Während sie dieses sagte, gliederte sich vor meiner Betrachtung wie ein Bild meine ganze Jugend und sah mich traurig mit Augen eines misshandelten Kindes an. Die Königin aber ließ eine Geige herbeibringen, beendete das Mahl und bat mich zu spielen. Auch die Frauen bedrängten mich bittend und neckend, und Fortuna reichte mir mit einer gnädigen Bewegung den Bogen. So setzte ich leise an und zog den Bogen mild und probend, bis meine Finger sich wieder in die harten Geigergriffe gewöhnt hatten. Dann legte ich mich mit Lust in das Spiel und strich die leidenschaftlichen Takte einer dunklen Jugendphantasie. Und hernach, da ein langer Blick der schönen Frau Gertrud mich bat, spielte ich ein Notturno von Chopin, jenes schönste, windverwehte, deſſen Takte ſich wie die Lichter eines mondbeglänzten Meeres bewegen.

Ich war mit der Königin auf Waldwegen in ein Gartenſchloſs in der Nähe des Meerufers gegangen. Dort führte ſie mich vor eine hohe, bemalte Wand. „Mein Lieblingsbild", ſagte ſie. Mit grofser Kunſt war hier ein ſüdländiſcher Garten gemalt, voll dunkler, tiefſchattiger Gebüſche, mit griechiſchen Bildſäulen und einer ſpringenden Waſſerkunſt, an deren unterſtes Becken eine Leier gelehnt war. „Kennſt du den Garten?"

Nein. Aber die Leier iſt Arioſts. Sie lächelte. „Arioſto! Hier wandelt er noch zuweilen und ſagt mir ein helles Spiel wiegender Oktaven vor, und läſst ſich unter Scherzen von mir bekränzen."

Auf einen leiſen Wink der Herrin ward plötzlich die ganze bemalte Wand hinweggerückt. Ein unermeſslicher Horizont rundete ſich vor uns aus, und zu unſern füſsen lag dunkelgrün der ganze Garten des Bildes. Ein ſchlanker, dunkler Mann trat langſam aus einem Rondell, bückte ſich nach der Leier und ahmte darauf ſpielend den Silberlaut der fontäne nach. Darauf ſchritt er abwärts gegen das dunkelnde Meer und verſchwand an der Gartenmauer. Mir ging die ganze Erſcheinung vorüber wie ein Verspaar des Orlando, ſchlank, edelförmig, und ſchalkhaft wie ein Mädchengelächter. Dann ging ich selber, an der Hand der Königin, an das Meerufer hinab. Die leicht bewegte Fläche der See lag blau und rot und silberschillernd weit hinaus. Auf diesem Farbenspiel ruhten unsre Blicke lang mit fröhlichem Ergötzen. Dann bog die Schönste einiges Zweigwerk auseinander und zeigte eine weiße, schmale Treppe, welche ins Wasser führte. An diese fand ich mein Boot gebunden. Die Königin brach einen Zweig Orangeblüte, warf ihn in das Boot, drängte mich sanft hinab und gab mir die Hand.

Nun reise gut! Abschiednehmen ist eine Kunst, die niemand zu Ende lernt. Ich weiß, du wirst einmal wieder kommen, bei mir Licht zu schöpfen, und einmal, wenn du keines Ruders mehr bedarfst."

Mit einem schweren Gurgellaut zerbrach eine Welle an den Stufen und nahm rückflutend mein Boot auf ihren Rücken. Ich breitete beide Arme nach der hellen Gestalt, bis sie mit einem leichten Grüßen seitab in die Wandelgänge Ariostos verschwand. Die Nacht kam schnell und schlug den schweren Mantel der Finsternis um meine Trauer, und blickte herrlich aus tausend tröstenden Augen auf meine langsame Heimfahrt.

Albumblatt für Elise.

Mein Erstling du, meine Blonde, frühlingbekränzte! Aus dem Frühlingsbilde des Sandro Botticelli blickst du mich zuweilen an, mit den vergessenen Zügen.

In einem unvergeßlichen Frühsommer, zur Zeit meiner ersten Lieder, war parküberschattet wenig Tage lang eine selige Nähe um mich, ein auferstandener Traum, mit unfaßbarem Traumgesicht, flüchtig und schwer mit Namen zu nennen. Und das warst du. Ohne Vorher und Hernach, wie ein einziger, niemals wiederkehrender Strahl glückfarben gebrochenen Lichtes — ich weiß nur noch, du hattest hellrote Mädchenlippen, du trugst einen schweren Bund blonden Haares und hattest eine zärtlich milde Liederstimme. Und hießest Elise.

Du Fee! Du Blüte, du Leichte, Körperlose! Du gleitest über den ausgespannten Teppich meiner jugendlichsten Glücksträume wie eine lind bewegte Musik, oder wie eine duftende Erinnerung, oder wie der Geist einer verklärten, tiefgründigen Jugendzeit. Nimm meinen heimlichen Gruß! Nimm den Feiertagszauber jener Sommerfeste im Park, und den Schatz meines Andenkens an alle Märchen jener Zeit! Nimm, was meine verschwenderische Jugend hat, die verwunschenen

Kleinode von Träumen, über denen jene versunkenen Junihimmel in fabelhafter Bläue lohten! Nimm auch noch, Prinzessin, ein Lied von mir! Ich fand es dort, wo unser Tannenschlag endet und der Buchenhochwald der Berthaburg beginnt, auf der Bachbank, über unsrem durch den Waldrand leuchtenden Kornblumenfelde. Es ist das früheste meiner Lieder, dessen ich mich zu erinnern vermag.

> Der Zeller Hirt treibt heim. Der laute Bach
> Stürzt dunkle Wasser den besonnten nach.
>
> Die Ferne raucht; die ganze Welt liegt weit.
> So möcht' ich stehen ein' und alle Zeit.
>
> So steh'n und hold mit Träumerblicken schaun
> Lustwandeln dich, du schönste aller Fraun.
>
> Da nahst du dich. Ich berge mein Gesicht
> Von Thränen heiß. Du aber weißt es nicht.

Die Fiebermuſe.

Meine Fiebermuſe iſt heute bei mir. Sitzt ruhig und hält ſich ſtille, da doch ſonſt Gaſſenlaufen und Vagieren ihre Art iſt. Sie hat eine Anwandlung, zu ſitzen und mir zu ſchmeicheln wie vor Zeiten, da wir beide noch liebe Brautleute und Blondköpfe geweſen ſind. Sie lehnt im tiefen Polſterſtuhl, hat den Kopf zurückgelegt und hängt mit ihrem Blick an mir, mit dem blaſſen, allwiſſenden, fiebernden, der ihr ſeit vielen Jahren eigen iſt. Dieſer Blick iſt über vielen meiner Nächte geweſen ſeit jenem erſten Jugendraub unſerer Liebe, da wir beim flackerlicht verbrennender Knabenlieder meinen Göttern Hohn ſprachen und unſern Weg durch ewige Wildniſſe zu nehmen uns gelobten.

Dieſer Blick weiß von allem, was verborgen, tief und keimend iſt, er erbricht alles Knospende und ſchändet jede Heimlichkeit. Jenſeits entgötterter Tempel und verwelkter Liebesgärten erſt beginnt dieſer Blick das Spiel der Frage und Antwort und Gegenfrage, er fiebert nach Geheimniſſen, welche nie ein anderes Auge erforſcht hat.

Wir haben meine Seele ergründet und ſind bis dahin geſtiegen, wo Horchen Mord iſt. Wir waren mit ſcharf geſchliffenen Augen überall, wo brechende Farben und zerrinnende Laute ſind, und waren begierig, die Gesetze des Zufalls zu finden. Die entgleisenden Wellen sterbender Töne und die blassen Irislichter sterbender Farben haben wir geliebt, und alle Grenzpunkte, wo Zittern war, und Zweifel, und Agonie. ⁕⁕⁕⁕

Aus brechenden Zittertönen und flüchtigen, irisschimmernden Fieberfarben erbauten wir unsre Welt, unsre wunderbare, unbegriffene, unmögliche Welt. Meine Muse aber wurde blass und hager, und schöner von Traum zu Traum. Wenn sie in meinen Gedanken sich spiegelt, berückt ihr blasses Bild mit der Schlankheit der zarten Glieder, mit den schweren Hängelocken, mit den adligen Händen und Gelenken, und mit dem tiefblutroten Munde. Zu allen Zeiten haben wahnsinnige Maler in Augenblicken überirdischer Empfängnis solche Bilder geträumt und mit verzaubertem Pinsel die flüchtigste Oberfläche glänzender Farben in scheuen, ahnenden Linien ängstlich erprobt. Ein solches Bild, in scheuer Entrückung erschaut, verfolgte die silbernen Träume jenes Sandro Botticelli, und lockte aus ihm eine feine, wunderbare Kunst, und trieb seine verfeinerte Hand von Bild zu Bild, bis ihm Pinsel und Finger zerbrach. ⁕⁕⁕⁕⁕⁕⁕⁕⁕⁕⁕

Meine Muse lächelt, wenn sie sich seiner erinnert. Sie ist hinter ihm gestanden und lockte durch ihren Blick aus seinen Bildern die flüchtige Glut sehnsüchtiger Lippen und Augen. Sie lockte seine

Kunſt von Bild zu Bild, bis ihm Pinſel und Finger zerbrach. Mir aber erzählte ſie von ihm und erklärte mir die unerhörten Wünſche ſeiner brennenden Seele, und führte mich durch die ſich ſchneidenden Kreiſe ſeiner hageren Dantebilder.

In anderen Stunden lehnte ſie neben der ſchmächtigen Geſtalt eines kranken Klavierſpielers und reizte ſeine geſchmeidigen Finger nach dem Zarteſten zu taſten, und lehrte ihn feine, brechende Klänge, die das klopfende Herz und den raſchen Atem des Hörenden in ihre ſchwermütig wilden Takte zwingen. Dieſen ſchmächtigen, kranken Chopin lockte ſie von Reiz zu Reiz, ſie lehrte ihn ſein Herz belauſchen und deuten und lehrte ſein Herz in zitternd bewegten Takten ſchlagen, bis es in Müdigkeit und Sehnſucht vor dem treibenden Stachel erlag. Mir aber erzählte ſie von ihm, ließ mein Herz in ſeinen müden, ſtachelnden Rhythmen ſchlagen und lehrte mich mein Herz belauſchen und deuten. ❧❧❧❧❧❧❧❧❧❧❧

Nun ſitzt ſie hinter mir, ſpricht leiſe zu mir, und ſchmeichelt, und hüllt mich in ihren blaſſen, allwiſſenden Blick. Sie lockt meine Heimlichkeiten aus ihren Verſtecken und entzündet meine Wünſche zu farbigen Spielen. Dieſe Muſe taſtet an das Zittern meines Blutes, und ſtachelt mein durſtiges Auge von Sehnſucht zu Sehnſucht und lächelt dazu, bis mir Blick und Herzſchlag zerbricht. ❧❧❧❧❧❧❧❧❧❧❧❧❧❧❧

Als sie zum ersten Male zu mir kam, trug sie schwarze Kleider und liebte Rieselbäche in spätsommerfarbnen Gehölzen und Schaukelkähne an laubüberwölbten Seerändern. Da hing zitternd mein Herz am zerrissenen Faden einer knabenhaften Liebe, da rief meine Sehnsucht einen lieblichen Namen in widertönende Wälder, und meine Liebe wiederholte zärtlich in flüsterlauten ein trauriges Liebesgespräch.

Damals kam meine Fiebermuse zu mir, an einem silbernen Bach, spielte Freundschaft mit mir und gab mir die schwarze Laute zu schlagen. Dann half sie mir ein verbotenes Schloß erbauen, das rote Liebesschloß, vor dessen Fenstern wir im Dunkeln froren, während Hochzeiten und klingende Feste hinter seidenen Gardinen lärmten und geläutete Krystallbecher und fiebernde Geigenreigen. Sie zog Schleier und keusche Decken von der Schatzkammer meiner Seele, sie reizte mein Auge und erweckte in mir eine plagende Begierde, Schlösser und fabelhafte Herrlichkeiten zu bauen und mich im Golde zu spiegeln. Wir schufen rote, flackernde Märchen, Lustgärten und Wildnisse, und bevölkerten südliche Landschaften mit schlanken, fürstlichen Wandelpaaren.

Ich lernte meine Traurigkeit in lassen Verstakten wiegen und in dunklen Reimen spiegeln. Ich lernte spitz zulaufende Jambengänge fügen und schwere Versbrücken, deren Pfeiler dunkle Moloffer waren. Darauf begannen wir fabeln zu erfinnen, in welchen alles Leben umgewendet war wie in einem Höllenspiegel, geborene Greise, welche sich jung lebten und am Ende als Kinder ängstlich [dem Ende ins Auge sahen, unselige Liebesschicksale und Geschichten, die voll von Grausamkeiten waren.

Später, nachdem ich in einer Angstnacht meiner Muse in Untreue entlaufen war und mich auf die grünen Plane der Sonnenseite geschlagen hatte, kam sie noch manchmal, wie heute, und führte mich durch geisterbleiche Nächte, und heftete das schöne, allmächtige Auge voll List und Liebe auf mich, begierig, die grausame Wolluft unserer früheren Träume zu erneuern.

Oft auch sehen wir uns verftändig und traurig an wie geschiedene Liebende und wissen nicht, wer von uns der Dieb oder der Bestohlene ist. Dann öffnet sie leis die blutroten Lippen, regt die Hand und beschwört in mir das Bild des fensterroten Liebesschlosses und das verzweifelte Jauchzen luftgeftachelter Geigenreigen. Sie sieht auch jetzt, was ich geschrieben habe, und seufzt, und hat den bleichen Tod im Blick.

Incipit vita nova.

In meinem Leben ist wie im Leben der meisten Menschen ein Punkt der Wandlung in's Besondere, ein Ort der Schrecken, der finsternisse, des Verirrt- und Alleinseins, ein Tag unerhörter Betäubung und Leere, aus dessen Abend neue Sterne am Himmel und neue Augen in uns hervorgehen.

Da ging ich frierend unter den Trümmern meiner Jugendwelt, über zerbrochene Gedanken und gliederzuckende, verzerrte Träume, und was ich anschaute, fiel in Staub und hörte auf zu leben. Freunde gingen an mir vorbei, welche zu kennen ich mich schämte, Gedanken sahen mich an, die ich vorgestern gedacht hatte, und waren so entfernt und fremd geworden, als wären sie hundertjährig und nie mein Eigentum gewesen. Alles wich von mir weg, ich war bald von einer ungeheuren Leere und Windstille umgeben. Ich hatte nichts Nahes mehr, keine Lieblinge, keine Nachbarschaft, und mein Leben stieg in mir als ein schüttelnder Ekel empor. Als wäre jedes Mass überfüllt, jeder Altar entheiligt, jede Süssigkeit verekelt, jede Höhe überklommen. Als wäre jeder Schimmer einer Reinheit verfinstert und schon jede Ahnung einer Schönheit verzerrt und mit Füssen getreten. Ich hatte nichts mehr, mich danach zu sehnen, nichts mehr anzubeten und zu haffen. Alles was Heiliges, Ungefchändetes und Verföhnendes noch in mir war, hatte Blick und Stimme verloren. Alle Wächter meines Lebens waren eingefchlummert. Alle Brücken waren abgebrochen und alle fernen ihrer Bläue beraubt.

Als alles Lockende und Liebenswerte mir fo verfchwunden war und ich wie ein Schiffbrüchiger des Geiftes erfchöpft und unausfprechlich beraubt und arm zum Bewufstfein meines Elendes erwachte, da fenkte ich das Auge, erhob mich mit fchweren Gliedern und wanderte aus allen Gewöhnungen meiner Vergangenheit wie ein Gerichteter, der bei Nacht feine Wohnung verläfst, ohne Abfchied zu nehmen und ohne die Thüren hinter fich zu verfchliefsen.

Wer hat je der Einfamkeit auf den Boden gefchaut? Wer kann fagen, dafs er das Land der Entfagung kenne? Meinen Blicken fchwindelte, als ich mich über den Abgrund bückte, fie fielen ohne ein Ende zu finden. Ich wanderte durch das Land der Entfagung, bis meine Kniee vor Müdigkeit brachen, und noch lag die Strafse in unverminderter Ewigkeit vor meinem Schritt.

Eine ftille, traurige Nacht wölbte fich tröftend und fchläfernd über mir. Schlummer und Traum kamen zu mir wie freunde zu einem Heimkehrenden, und löften eine tödliche Laft wie ein Reifebündel von meinen Schultern.

Bist du schon schiffbrüchig gewesen und sahest Land und einen Schwimmer sich dir nähern? Bist du schon todkrank gewesen und thatest genesend den ersten Trunk frischer Gartenluft und spürtest das süße Wallen des sich erneuernden Blutes? Wie diesen Erretteten und diesen Genesenen, so überflutete mich ein Wirbel von Dankbarkeit, Ruhe, Licht und Wohlsein, als ich in jener Nacht erkannte, dass unerforschliche Wesen sich freundlich zu mir neigten. ⚘⚘⚘⚘⚘⚘⚘⚘⚘
Der Himmel hatte ein anderes Ansehen als jemals zuvor. Die Stellung und Wiederkehr der Gestirne trat mit meinem innersten Leben in einen vorbestimmten Freundesbund und das Ewige verknüpfte etwas in mir deutlich und wohlthätig mit seinen Gesetzen. Ich fühlte in meinem aus der Wüste aufgerichteten Leben einen goldenen Grund gelegt, eine Kraft und ein Gesetz, nach welchem, wie ich mit herrlichem Erstaunen empfand, künftig alles Alte und Neue in mir sich in edlen Kryftallformen ordnen und mit allen Dingen und Wundern der Welt wohlthätige Bündnisse schließen müsste. ⚘⚘⚘⚘⚘
Incipit vita nova. Ich bin ein Neuer geworden, mir selber noch ein Wunder, ruhend zugleich und thätig, empfangend und schenkend, ein Besitzer von Gütern, deren werteste ich vielleicht noch nicht kenne. ⚘⚘⚘⚘⚘⚘⚘⚘⚘⚘⚘⚘
⚘⚘⚘⚘⚘⚘⚘⚘⚘⚘⚘⚘⚘⚘⚘

Das feſt des Königs.

Im Schloſs des Königs wurde ein feſt bereitet. Der Palaſt und alle vornehmen Häuſer der Stadt waren mit Gäſten überfüllt, denn zu den feſten des Königs pflegte der Adel des ganzen Landes ſich einzufinden. ✶✶✶✶✶✶✶✶
Die breite Allee, welche vom Schloſſe in die Stadt führte und die an gewöhnlichen Tagen durch Ketten und Wächter verſperrt wurde, war voll von Reitern, Wagen, Sänften, Laſtträgern und Müſsiggängern zu fuſse. Der König beſaſs einen Marſtall von hundert Schimmeln, und auſser den Prinzen und den Grafen des Landes durfte niemand ein weiſses Roſs reiten, bei Todesſtrafe. Wenn nun auf dem überfüllten fahrwege ein Schimmelreiter erſchien, dem wurde eine breite Gaſſe gebahnt, und auf beiden Seiten drängte ſich das wartende Volk, ſich bückend und die Häupter zum Gruſs entblöſsend. Da waren Handwerker mit Leitern, Seilen, Brettern, Teppichen und gemalten Schildern, buntgekleidete Muſikanten, Trompeten, Geigen und groſse Trommeln tragend, Blumenverkäufer mit Karren, auf welchen bunte und rare Blumen in Haufen getürmt lagen, Herolde und Soldaten, Wagen, die mit vielerlei Geräte, Tapeten und Tüchern beladen waren. Unzählige Neugierige in Sonntagskleidern ſpazierten in dem geöffneten äuſserſten

Ring des königlichen Parkes, durch den die Platanenallee gezogen war. Handwerker waren beschäftigt, zwischen den Bäumen lange Leinen mit aufgereihten, runden, rot und gelben Papierlaternen zu spannen, welche am Abend zur Belustigung des Volkes und als fröhlicher Anblick für die Herrschaften sollten angezündet werden. Die Arbeiter lachten oder fluchten durcheinander, je nachdem sie von der Menge ermuntert oder belästigt wurden. Trödler gingen umher, von vielen Kindern umringt, mit Schmuck und allerlei Spielzeug und Flittern handelnd, Weiber, welche Brot und Würste und Gebäck verkauften, und Blumenmädchen, die den jungen Städtern Veilchensträuße anboten. Diese alle erfreuten sich reichlichen Zulaufs, und zumal die Veilchenmädchen waren überall von eleganten, im Scherze feilschenden jungen Männern unter vielerlei Schmeicheleien und spaßhaften Angeboten umringt.
Am dichtesten drückte sich das Volk vor dem geschlossenen eisernen Hauptportal des Schloßhofes. Landleute und Städter drängten sich dort zu dem selten gewährten Anblick des Schlosses und brannten vor Begierde, hinter den Bogenfenstern Einen vom Königshause zu erspähen, und wandten kein Auge vom Schloßhof, sobald ein Lakei in roter Livree sichtbar wurde, oder ein Offizier, oder nur ein gemeiner Diener, welcher Gerät trug oder Pferd oder Hund

nach den seitwärts zurückliegenden Prachtställen führte. ☙☙☙☙☙☙☙☙☙☙☙☙☙☙☙☙☙☙☙☙

Das Schloß bestaunte ein jeder, der es zum ersten Male sah, und am meisten die Landleute. Denn es war nach hierlands fremden Regeln unter dem Vater des jetzigen Königs von einem südländischen Werkmeister erbaut worden, von geringer Höhe, aber weitläufig und prächtig, und ganz aus Marmor. Dieses Schloß und der dahinter liegende alte Park, der dem Volke unsichtbar und niemals zugänglich war, galten als die Wunder des Landes. Die sichtbare vordere Seite des Schlosses, mit zweimal vierzig Bogenfenstern, war von einem breiten Giebel gekrönt, in dessen Dreieck ungeheure Menschen und Pferde auch aus Marmor gemeißelt standen, die seitwärtigen in allerlei Lagen kniend, fallend und liegend und so der Dreieckform lebendig angeschmiegt. Kleinere Figuren von feiner Arbeit standen über dem Hauptthore, den Empfang heimkehrender Sieger darstellend. Im Innern aber sollten Säle von unerhörter Höhe und Pracht und Zimmer mit seidenen und goldenen Wänden sein, angefüllt mit Schätzen aus vielen Zeitaltern und Kunstwerken berühmter Meister. Noch erstaunlichere Gerüchte wußten Viele von dem geheimnisvollen Park zu erzählen, der sich drei Stunden weit erstreckte und von ausländischen Gärtnern und Förstern erhalten wurde, welchen verboten war, sich jemals außerhalb der ungeheuren Ringmauer zu begeben, die den ganzen Park in stattlicher Dicke und Höhe umgab. Hirsche und unbekannte Tiere und farbige, fremde Vögel, als Fasanen und Pfauen, wußte man dort verborgen, und jahrhundertalte Wildnisse, ferner künstliche Gewässer, Seen und springende Brunnen, Brücken und Beete voll seltener Blumen, sowie ein fabelhaftes Jagdschloß, den Lustort des verwichenen Fürsten, wo dessen lang verblichene Geliebten häufig umgingen, die Buhlereien und Eifersüchte ihres vormaligen Sündenlebens erneuernd. Was immer an dunklen Mordgeschichten und unerhörten verliebten Lustbarkeiten von heißen Köpfen ersonnen und von eiligen Weiberzungen verschwatzt war, wurde auf das unbekannte Jagdschloß gehäuft, welches den einen als ein schimmernder Himmel auf Erden, den andern als Sammelort aller Schrecken und bösen Geister erschien.

Die müßige Menge sog begierig die Geschwätze und geflüsterten Sagen und den Duft des Wunderbaren ein, der sie nebst dem Rausch des Feiertages und der Erwartung erhitzte und betäubte. Man sprach von den Pferden und Wagen der Gäste, von den bevorstehenden Vergnügungen des Hofes und denen des Volkes, welchem auf den Abend ein Feuerwerk versprochen war. Neben den anpreisenden Rufen der Verkäufer waren die

von lautem Gelächter begleiteten Späße der
Hanswurſte zu hören, die Bettelreden ſitzender
Krüppel und umhergeſtoſſener Einarmiger oder
geführter Blinder, die ermahnenden, aber wohl-
wollenden Stimmen anweſender Ratsherren, und
das gelle Spaſsen und jache Lachen der Freuden-
mädchen. Die Trinkbuden bevölkerten ſich, und
mancher Unkluge nahm den erwarteten Genuſs
des Feſttages im vorzeitigen Rauſch vorweg.
Andere umſtanden ein Kaſperltheater oder ein
Loosrad oder die Wettſpiele der Kinder, welche
nach ausgehängten Preiſen kletterten und ſprangen.
Balladenſänger und Sackpfeifer wurden angehört,
im Gedränge verloren ſich Familien und Freunde
auseinander und fanden ſich Liebespaare, denen
die Wirre des Feſtplatzes erſehnte Gelegenheit zu
verbotenen Zuſammenkünften gab.

In den gewundenen Spazierwagen des äuſseren
Parkes faſsen und luſtwandelten die Alten,
die Angeſehenen der Stadt, reiche Bürger, Räte
und Richter, und langſame Pfarrer, im Genuſs
der gepflegten Zierbeete und Raſen und der ſchat-
tigen Ruhebänke. Ein feiſter Ratsherr erklärte
mehreren Fremden die Anlage der Alleen und
Wege und die Lage des Schloſses, und rühmte
den Wohlſtand ſeiner Stadt und den freigebigen
Reichtum ſeines Königs.

Der Lärm, das Bürgergeſpräch, die modiſch
gekleideten Städter und das glotzende,

schwergestiefelte Landvolk schändeten die Alleen und die Gärten, und stachen hart von dem Ernst der alten Platanen und von der eleganten Schönheit der fürstlichen Anlagen ab, deren verschlungene Wege, von allerlei seltenem Laub überschattet, dazu bestimmt waren, von Prinzessinnen in adliger Gesellschaft oder von den Phantasiebildern eines fürstlichen Dichters beschritten zu werden.

Um die Mittagstunde sammelten sich grosse Volkshaufen vor den Portalen des Schlosshofes, neugierig auf die Tafelmusik und auf den erhofften Anblick der Herrschaften. Ein dröhnender Jubel brauste empor, da der Kronprinz an einem Fenster sich zeigte. Er war dunkel, mager, ein wenig gebückt, und hatte ein scharfes, kluges, wachsblasses Gesicht mit dunklen, forschenden Augen. Er bewegte grüssend das Haupt, und in eben diesem Augenblick trat der König neben ihn, lächelnd und mit lebhafter Bewegung der grüssenden Hand. Er war gross, dick und aufrecht; die Farbe seines breiten Bartes schwankte noch zwischen blond und grau, sein Gesicht aber war frischrot und glänzend und die Stirne schier ohne Falten. Er trug ein rotes Gewand mit breiten, weissen Säumen. Er liebte alle Festlichkeiten und verbarg seine Fröhlichkeit der Menge nicht. Kopfnickend verliefs er mit dem Kronprinzen das Fenfter.

Während draufsen die Rufe der beglückten Menge langfam zerrannen, fetzte fich der König im roten Saale zu Tifch. Zwei fchimmernde Reihen gefchmückter Herren und Edeldamen fafsen an einer ungeheuren Tafel verteilt, immer eine Dame zwifchen zwei männlichen Gefellfchaftern. Zur Rechten des Königs fafs die weifs gekleidete Königin, feine dritte Frau, von Allen ihrer fchlanken, ftummen Schönheit wegen bewundert. Zur Linken des königlichen Sitzes fafs ein fchwarzhaariger Buckliger, fchweigfam und häufig aus tiefliegenden, glänzenden Augen umherfchauend. Diefer war des Königs Bruder. Ihm war der fcharfe, zähe Verftand zu eigen, welchen man oft bei Krüppeln findet, und, unbekannt der Welt, leitete fein wacher Fleifs und fein ernftes, fcharfes Auge die Gefchäfte der Regierung. Ihm verdankte unwiffend das Land feinen Wohlftand und der leichtherzige König die Erhaltung feiner ererbten, unermefslichen Reichtümer.

An die Enden der Tafel waren die Prinzen gefetzt, der Kronprinz und fein jüngerer Halbbruder, aus der zweiten Ehe des Königs, feiner Herzensehe entfproffen, ein heller, fröhlicher Ritter. Die Grafen und Gräfinnen und Barone und ihre Frauen und Töchter waren nach Neigung und Freundschaften gemischt, die drei vornehmsten und ältesten Vasallen dem Könige gegenüber. Silberne Teller und kryftallene Weinkelche wurden von zahlreichen edelgeborenen Pagen bedient. In der Nähe des Prinzen glänzte das helle Jünglingshaupt seines Lieblings, des Sängers, welchen der König, da jener ein Meister seiner Kunst und von feinen Sitten war, nach italienischem Vorbilde an sein Haus gefesselt hatte. Er war dem König in kurzer Zeit lieb und befreundet geworden, denn er verstand meisterlich alle angenehmen Künste, zumal Poesie und Gesang, und war ein Erfinder vieler Feste, Tänze, Mummenschänze und sonst ergötzlicher Belustigungen.

Der König redete viel mit den Frauen seiner Vasallen. Die Männer überließ er seinem Bruder, der durch kurze, schwere Fragen und Blicke die Herren durchforschte. Die Königin allein saß schweigsam und ohne viel zu lächeln. Ihr feines, blasses Haupt wendete sich langsam zuweilen um, ihr dunkles Auge ging durch die Reihen der Tafelnden, ruhte auf den Stirnen schöner Ritter, und ging weiter, den Schönsten zu suchen. Ihr geschlossener Mund war von hellem Rot, wie die Frucht der wilden Rose, fein und hochmütig, und karg mit Lächeln. Sie lehnte oft im Sessel zurück und hörte aufmerksam den Geigern zu, welche auf einer niederen

Galerie gedämpfte, süße Melodien spielten. „Eure königliche Majestät lieben die Kunst der Musik?" fragte sie ehrerbietig ihr Nachbar, ein alter Graf. Sie wandte langsam das Haupt gegen ihn und die verschleierten Augen.

Ihr rietet richtig, Herr Graf" sagte sie dann würdig, wandte wieder den Blick und hörte wieder auf die feinen Töne. Einmal wandte der Sänger sich um und hüllte das Haupt der Königin in einen langen, glänzenden Blick, und wog im Herzen sein Schicksal gegen eine junge, süße Sehnsucht.

Nach aufgehobener Tafel legten sich Viele in die Polster, zu ruhen, und andere wandelten anschauend durch die Säle, deren Estriche mosaikgeschmückt und deren Wände mit Bildern und köstlichen gewirkten Stoffen behangen waren. Der Prinz nahm den Arm des Sängers und zog ihn über die breiten Treppen ins Freie. An einer kühl verschatteten Ruhebank machten sie Halt. Der Sänger setzte sich auf die Bank und lehnte sich an den gerundeten Stein. Der Prinz aber warf seinen Mantel ins Gras und legte sich darauf. Er lehnte den blonden Kopf an das Knie des Freundes und richtete die Blicke vergnügt auf den vom Gerank der Zweige vergitterten lichten Himmel. Nach kurzer Weile begann er zu plaudern. „Sag' mir doch, du Kenner, was ist das Schönste und Begehrenswerteste in der Welt? Ist es der Schmuck des Reichtums, oder des Ruhmes, ist es der himmlische Zauber der Kunst, oder der brünstige Schrei eines entzündeten Weibes, oder das Leben der Hirten?"

Der Sänger lachte. "Du Ungeduld! Du suchst den Schatz des Glückes in der Schale einer Nuss. Aber die Schönheit und das Glück sind reicher als wir, und haben tausend Wege, und tragen Früchte auf allen Bäumen. Was ist Reichtum ohne Liebe, oder Wollust ohne Schönheit? Am begehrenswertesten aber scheint mir vielleicht dieses: Ein Weib von höchster Geburt und adligem Herzen, das in Liebe sich seiner Rechte entkleidet. Welches bittet, indem es schenkt."

Der Prinz legte sich weiter zurück, und lächelte, und spielte mit seinen schlanken, weissen Fingern. Der Freund fuhr fort: "Auch wird das, was uns gestern liebenswert und unübertroffen schien, im Schatten der Ereignisse mit den Tagen blasser und verliert seinen frischen Reiz. Ich erfand vor einigen Jahren, in Italien, als zum ersten Mal eine verliebte Weiberhand mich streichelte und mein Herz voll neuer Wonne war, — da erfand ich aus meiner Lust ein Lied für die Geige, und that darein, was ich Süsses und Heimliches wusste und glaubte lang, in dieser Weise sei aller Zauber und alles Holde versammelt, so als wiege sich das Glück selber im Netz der Töne. Als ich dasselbe Lied hernach der zweiten und der dritten Frau zu hören gab, und als neue Lieder mich umtrieben und gesungen sein wollten, da sah ich den Boden der Tiefe und musste lachen. Und jetzt scheint es mir ein liebliches Kinderlied zu sein."

Vom breiten Weg her kam Geräusch. Der Kronprinz und des Königs Bruder traten in den Schattenkreis des Gebüsches. Da der Kronprinz den Bruder zu den Füßen des Sängers liegen sah, ging über seine harten Lippen ein scharfes Lächeln. Er grüßte nicht und kehrte nach dem Schlosse zurück, der Oheim aber senkte mit Wohlgefallen das ernste Auge auf die Befreundeten. „Siehe da, meine Blondköpfe! Nennt mir, worüber Ihr redetet, damit ich teilnehme!" Der Sänger verneigte sich und nötigte den königlichen Kanzler zu sitzen. Der Prinz, seines Kopfkissens beraubt, setzte sich mit gekreuzten Beinen gegen die Bank gewendet. „Euer Neffe wünscht zu erfahren, was wohl in der ganzen Welt das Schönste und Begehrenswerteste ist."

Eine leichtsinnige Frage", sagte der Alte, — „und eine schwere Frage! Hattet Ihr ihm eine Antwort?"

Er meinte, das Höchste wäre: Eine —" die starke Hand des Sängers preßte sich auf den lachenden Mund des Prinzen und erstickte den Rest seiner Antwort. „Narreteien!" Der Bucklige heftete seinen klaren Blick auf den Ungestümen und drohte scherzhaft mit dem Finger. "Eine Frau", — vollendete er den Satz. "Aber welche nun? Herr Künstler, Eure blonde Jugend weiß in der Liebe besser Bescheid als meine unreizende Person."

Eure Gnaden überfordern mich. Mir war bisher die Liebe nur ein Schmuck und Spiel, oder ein Gegenstand für meine Singweisen. Ein Künstler, wer er sei, bedarf der Frauen, denn ihre Nähe macht glücklich und warm, was beides der Künstler zu seiner Arbeit sein muß."

Der Prinz schnitt ein drolliges Gesicht. "Freilich! aber nicht die Künstler allein. Notwendig sind die Frauen auch für die Prinzen, die in Friedenszeiten an langer Weile leiden."
"Halt an!" rief der Oheim. "Deine Abenteuer sind uns sattsam bekannt. Mich wundert, wie lange du noch an langer Weile leiden willst. Wenn die Geschäfte dir widerwärtig sind, warum treibst du keine Studien und keine ernstliche Kunst? Dein Bruder studiert in der kargen Zeit, welche er nicht den Staatsgeschäften widmet, die Geschichte der Malerkunst und die Sammlungen meines Vaters." Der Prinz unterbrach ihn heftig. "Mein Bruder! Er arbeitet, weil er geizig ist, und weil ihn zu regieren lüstet. Mag er studieren, so viel er will, er lernt doch nur Jahreszahlen und Namen, und sein Kunstverstand ist auf die Kenntnis der Bilderpreise beschränkt. Wie viel

Goldſtücke für eine Leinwand bezahlt werden, iſt ihm wichtiger zu wiſſen als alle Geſchichte. Sein Gehirn iſt eine Rechentafel." ⁂⁂⁂⁂⁂⁂

Der Oheim gab keine Antwort und betrachtete mit Sorge die blanke Stirne des Prinzen, und ſeine frohen, genuſsſüchtigen Kuſslippen, und die ganze ziere Geſtalt. Er war das Abbild des Königs, in feineren, eleganteren Linien, mit denſelben ſorgloſen Manieren, aber noch deutlicher mit dem Stempel des Leichtſinns gezeichnet. Da beide Jünglinge ſchwiegen, zog der Alte ein kleines, fein in Leder gebundenes Büchlein hervor und bat den Sänger vorzuleſen, wobei er eine Stelle mit dem Zeigefinger bezeichnete. Die klingenden Verſe eines italieniſchen Dichters floſſen rein vom Munde des Leſers, dem beruhigenden Geſang eines fallenden Waſſers zu vergleichen. ⁂⁂⁂⁂⁂⁂⁂⁂⁂⁂⁂⁂⁂⁂⁂⁂⁂

Während der Leſung entwich der Prinz leiſe ſeitab, liefs einen Schimmel ſatteln und that einen übermütigen Ritt nach der Stadt, durch die haſtig ausweichende Menge in ſchonungsloſem Trab ſich drängend. Er hatte für den Abend ein Maskenkleid zu arbeiten gegeben, nun wandelte in der letzten Stunde die Luſt zu einer Änderung ihn an. Nach kurzer Friſt ritt er den Weg zurück, vom ſcheuen Volk gegrüſst, über welches er hin und wieder einen Wurf von kleinen Münzen ſtreute. ⁂⁂⁂⁂⁂⁂⁂⁂⁂⁂⁂⁂⁂

Der Sänger, nachdem ihn des Königs Bruder dankend und freundlich entlassen, ging nachdenklich in den Palast zurück. Er wandelte durch Gänge und Säle bis zu der schmalen Wand eines Kabinettes, wo das gemalte Bild der Königin in goldenem Rahmen hing. Vor diesem stand er lang. Und da er sich mit heissen Augen von dem Bildnis wandte, trat eben mit ihren Frauen die Königin selber durch die Thüre. Er bückte sich tief. Sie fragte nach dem Prinzen. „Er verliess mich bald nach der Mahlzeit. Befehlet Ihr ihn zu suchen?"

Der Wildfang! — Bemühet Euch nicht. Habt Ihr Lust mir zu dienen, so bringet Eure Violine her. Ihr Klang ist mir lieb, denn er erinnert mich meiner fernen Heimat." Er eilte nach seiner Geige. Sie begehrte das schöne Spielwerk zu sehen und nahm es in ihre feinen Hände. Ihre Linke umschloss den schlanken Geigenhals. „Ein gepriesener Meister hat sie gebaut", erklärte der Sänger, „und sie vermag mehr als irgend sonst ein ähnliches Stück. Man sagt, dass der langher verstorbene italienische Meister den Laut menschlicher Stimme aus ihr zu locken verstand." Aus ihren Händen nahm er die Geige zurück und sah mit glänzendem Auge die Spur ihrer Finger, von einem schmalen Hauchstreif gesäumt leicht und schmal auf die blanke Fläche gedrückt. Darauf presste er das feste Kinn auf die Wölbung und geigte einen langen, wachſenden Ton. Der ſüſse Laut erfüllte das ganze Gemach, und zitterte, und wurde zur Sprache einer brennenden Sehnſucht. Die Königin ſchloſs die Augen und wiegte leiſe das zarte Haupt, auf dem das Auge des Spielers glühend und beſchwörend ruhte.

In dieſer Stunde erkannte der Sänger, daſs ſeine neue Liebe kein Spiel und Schmuck war, ſondern ein Ernſt und eine Wunde. Er ſpielte ſeiner hohen Dame zu Dank. Sie gab ihm, was ſie zuvor noch nie gethan hatte, beim Weggehen die Hand, die ſchmale, königliche, und ſagte: „Ihr verſtehet Eure Kunſt! Ich habe lange nicht ſo ſüſse Töne vernommen. Habt Dank!"

Am Abend begann in dem gröſsten Saal des Schloſses das Maskenfeſt. Die Gäſte trugen Florlarven und allerlei Gewänder perſiſcher, griechiſcher, ſpaniſcher und ſonſt fremdländiſcher Art, oder Tierfelle, oder die Koſtüme heidniſcher Götter. Der Saal war reich geſchmückt und von goldenen Kronleuchtern erhellt.

Der König trug keine Larve und nur ein altertümliches, reichzackiges Diadem als beſonderen Schmuck. Der Kronprinz war in einer dunklen Mönchskutte leicht zu erkennen. Sein Bruder aber wurde von niemandem erkannt. Er war mit Wams und Hut eines Lanzknechts bekleidet und nicht der Einzige, der diese einfache Tracht gewählt hatte. Der Sänger trug einen künstlichen, schwarzen Bart und die volkstümliche Kleidung der Neapolitaner. Er suchte die Nähe der Königin, welche die bunte Volkstracht ihrer südlichen Heimat trug. Ein Gewimmel von Wilden und Bären, von Göttern und Göttinnen, von Schäfern, Gnomen und Bergknappen erfüllte den grossen Saal.

Der Prinz verliess bald unbemerkt das Fest. Er warf einen schweren Mantel über und befahl einem vertrauten Diener, ihm zu folgen und ihm nahe zu bleiben, wohin er ginge. Ihn verdross das steife Volk der Edelleute und ihr höfisches Geschwätze. Er steckte ein Jagdmesser in den Gürtel, als handlichste Waffe für jede Not, und verliess den Palast. Der Schlosshof und die Allee und alle Anlagen bis zur Stadt waren von farbigen Laternen erleuchtet, und das trunkene Volk lärmte feiertäglich durch die Wege. Trinkbuden und Tanzplätze waren übervoll, und erhitzte Tänzer und Trinker lachten, jodelten und stritten miteinander. Der Prinz begab sich mitten in das Gedränge und hatte bald an jedem Arm ein lachendes Mädchen hängen. Er tanzte und trank und stand den Scherzworten der Zuschauenden und den Flüchen der Eifersüchtigen lachend Rede. Die Weiber wurden von den kecken Manieren und feinen Reden des Unbekannten gelockt,

und seine Lippen brannten bald von vielen Küssen. Da waren Helle, Dunkle, Schlanke, Breite, Verschämte und Schamlose. Das Auge des Prinzen fand Gefallen am Gewühl der Tausende, sein verwöhntes Herz ward von dem raschen Takt der rohen Musik und vom Anblick des maßlosen Pöbels erregt und schlug in volleren Wellen. ⚜⚜⚜⚜⚜⚜⚜⚜⚜⚜⚜⚜⚜⚜⚜⚜⚜⚜⚜
Indessen lauschte die Gesellschaft des Königs auf die leichten, zarten Weisen einer auserlesenen Musik und genoß die Luft des galanten maskierten Spiels. Es wurde wenig getanzt. Die meisten saßen auf niedern Polstersitzen oder standen und spazierten in kleineren Gesellschaften umher. Die Königin bewegte sich lebhaft und gesprächig zwischen den Gruppen. Man erkannte die Blasse, Schweigsame nicht mehr. Sie erinnerte sich der Feste ihrer Heimat, ihrer Pracht und Freiheit, und nippte häufig ohne Scheu am Weinkelch. Das leichte Fieber der Festfreude entflammte ihren sehnsüchtigen Sinn und stachelte ihr unbefriedigtes Herz, und gab ihrer fremden Schönheit einen neuen, süßen Reiz. Sie versammelte einen Hofstaat junger Edelleute um sich her, welchen der verkleidete Sänger sich zugesellte. „Siehe da, ein Landsmann!" rief sie ihm zu. „Mir ist, ich wär' Euch schon am Posilippo begegnet." Der Sänger grüßte mit einem blitzenden Blicke. „Ich kannte Euch wohl!" antwortete er. „Solche

Blumen wachsen hierlands nicht. Ich grüße Euch vom Golf, Herrin, als der Abgesandte Eurer Heimat."

Meinen Dank, Landsmann! Wem aber habt Ihr Euern Schatz zu hüten gegeben, da Ihr so weite Reisen wagtet?"

Ich habe keinen. Mein Auge ging müßig, seit mein Stern mich verließ, und ich reiste, ihn zu suchen. Mich freut, ihn so glänzend zu finden."

Ich sehe wohl, Guter, man versteht in Neapel noch wie vordem zu schmeicheln."

Schmeicheln, Herrin? Wir sind nur gewohnt, der Wahrheit weniger rauhe Gewänder anzulegen, als in Nordland Sitte ist."

Die Königin reichte dem Höflichen einen vollen Becher. „Dies nehmt als Willkomm! Er wuchs am Vesuv." Damen mischten sich unter den Kreis der Königin, so daß dieser sich bald in plaudernde Paare und Doppelpaare teilte. Der Sänger aber blieb der Königin nahe und umgab ihre Sinne mit dem Netz seines flüssigen, süßen Geplauders. Er sah ihren roten Mund in häufigem Lachen glänzend, und sah ihre schneeweißen Zähne, und das sacht gerundete, reine Kinn, und glänzende Augen hinter der seidenen Larve. Zuweilen sah er hinter ihr den allein umherwandelnden Kronprinzen einen Augenblick stille stehen mit widerlichem, horchendem Kopfdrehen. Dieser erkannte den Sänger nicht und wunderte sich über die verwandelte Laune der Stiefmutter. Einmal, da sein Schatten ihr wieder über die Schulter hereinfiel, wandte sie sich rasch und unmutig zu dem Sänger. „Sagt mir doch, Landsmann, was sucht der Mönch unter den Fröhlichen?"

Der Neapolitaner schaute in das harte Gesicht des Lauschers und antwortete spöttisch: „Ihr seht ja, er ist am unrechten Ort und kann die Thüre nicht finden. Also ein Hansnarr wider Willen." Der Mönch ging bitter lächelnd weg, gegen den Tisch des Königs, welcher mit mehreren Alten sich abseits reichlichen Weines erfreute und des Gesprächs über die beendigten Jagden.

In einem Augenblicke, da die Spielleute ruhten, wurden auf einen Ruf des Königs die Vorhänge von allen Fenstern gezogen. Jedermann erhob sich und blickte ins Freie. Da standen die unendlichen Reihen der Baumwipfel im Schimmer der bunten Lampen, das verworrene Jauchzen des Volkes schwoll her, vom Winde in schwankende Wellen gebrochen, und verschlungene Flammen eines grossen Feuerwerks fieberten lohhell am matten, dunklen Himmel auf. Ein dünner Schleier von Dunst und Rauch hing ruhig über den hohen Bäumen, vom Feuerwerk mit breiten Flüssen roten und gelben Lichtes getränkt.

Zur selben Zeit kehrte leise der Prinz in den Saal zurück, mit verträumten Augen und schweren, lächelnden Lippen. Der Kronprinz erkannte ihn bald. Er ahnte seine verborgenen Lustbarkeiten und maß ihn mit häßlichem Hohn. Denn er haßte den weichlichen und verschwenderischen Bruder im Grunde seines herben Herzens. Eine Weile später, als der ernüchterte Prinz die Königin unter den Masken suchte, fand er sie nicht. Er fragte den zechenden Vater. Der hob kaum das verschleierte Auge vom Becher. „Such', junger Herr", sagte er mit rauhem Lachen. „Ihr Jungen seid da, nach den Weibern zu sehen."

Die Königin lauschte indeß in einem entfernten Zimmer auf die unermüdeten Scherzreden des Sängers, und auf seine italienischen Lieder. Ihr brannte die Stirn vom starken Wein der Fröhlichkeit, und ihr Herz schlug berauscht in heftigen Schlägen. Sie saß tief in einem Ruhesessel und blickte mit entrückten Augen auf die zusammengepreßten Spitzen ihrer zarten Finger. Der Sänger saß auf einem höheren Stuhl ihr nahe, bewegte die Finger über den Saiten einer Guitarre und sang welsche Romanzen und plauderte, und mischte den Ernst der brennenden Leidenschaft in sein buntes Geschwätz. Das Spiel der Worte rann ohne Hindernis über die Lippen des Liederfertigen, und ihn machte das schwin-

delnde Wandeln auf der Grenze des Scherzes
trunken. Er verfolgte die Spur feiner Reden
auf ihrem erregten Geficht und im Zucken ihrer
fpielenden Finger. Seine Worte legten unvermerkt
die Flitterkleider des Maskenfcherzes ab, fie ge-
wannen doppelte Bedeutung, fie begannen ihre
verborgene Kraft und Wärme hervorzukehren,
und nur die gefährlichften Verräter kleidete noch
der hüllende Flor der galanten Komödie. ❦ ❦ ❦
Die Königin hörte auf mit den Fingern zu
fpielen; fie fchlofs fein geäderte Lider über
den heifsen Augen und wiegte fich in ihrer Wärme
und im halben Wiffen von der Gefahr. Ihr Traum
vieler fehnfüchtig durchwachter Nächte zog lebendig in lodernden Farben durch ihr Gemüt und
alles, was ihr einfames Herz jemals Prächtiges
und Wunderbares über die Liebe erfonnen hatte.
Der Liedermeifter fenkte feine Stimme zu einem
warmen Flüftern, er bog fich näher zu der
Schauernden, er fpann ihren Sinn dicht in den
Schleier geflüfterter Schmeichelreden und ver-
fchwiegener Wünfche. Beiden blieb ein blaffes,
graufam verzogenes Antlitz verborgen, das einen
Augenblick durch die facht geöffnete Thüre
fpähte, und blafs und graufam wieder verfchwand.
Der Kronprinz ftiefs, in den Feftfaal zurück-
kehrend, auf den Prinzen, welcher feine
Mutter fuchte. — „Die Königin erwartet dich.
Dort, im blauen Zimmer. Aber fchone fie; fie

ist müde." Der Kronprinz trat wieder in den Saal. Aus der vor ihm geöffneten Flügelthüre brauste ein Strom von Musik und Gelächter dem Prinzen nach, welcher auf die Schwelle des Zimmers trat, in dem er die Mutter erwartete.

Dem Eintretenden klang der Laut erstickter Seufzer und Liebesreden entgegen, und erwiederter Küsse. Drei zu Tod erschrockene Menschen schrieen in diesem Augenblicke weh und gellend auf. Die kalte Hand des Grausens trennte mit einer Berührung drei nahe Befreundete. Der blasse Prinz riss zitternd den falschen Bart aus dem Gesicht des erstarrten Liebenden und schrak vor dem erkannten Freund in zuckendem Schmerz zurück. Noch einen Augenblick standen sich die Männer mit stieren Augen schweigend gegenüber, und leerten den Kelch der bittersten Bitternis bis auf die Neige.

Dann gewann der Prinz die Herrschaft über seine Sinne wieder. „Hol' eine Waffe, Bettelbube!" rief er dem Freunde zu. Seine Stimme war schrill, brechend und ohne Nachhall, wie der Ton eines springenden Trinkglases. Das Herz wendete sich in seinem Leibe um und wurde voll Galle. Die beiden Menschen, auf welche er Jahre lang alles Gute und Zärtliche seines Herzens gehäuft hatte, standen vor ihm wie Tempelräuber.

Der Sänger rannte nach einem Schwerte. Der Prinz riss eines von der Wand des

Ganges. Die Kämpfer klirrten wild und rasend
aufeinander. Kaum dafs der unsinnige Kampf
begonnen hatte, fiel der Prinz mit blutendem
Halse nieder. Dem Sänger rann ein roter Streif
von der zerhauenen Wange. Er sah den Freund am
Boden sich verblutend winden und sah über ihn die
todblasse Königin gebückt. Sein Blick verwirrte
sich und seine Gedanken wurden uneins, flackernd
und blutig. Er ging mit dem roten Schwert in
der Hand nach dem Saal, von scheuen Lakaien ge-
flohen und angekündigt. Er trat in die Flügelthür
und stiefs die Schwertspitze vor sich in den Boden,
mit einem lauten, wahnsinnigen Gelächter. ⚘⚘
Im Saal entstand eine enge Stille. Dem König
rann der vergossene Wein über's ganze Gewand. Dann ward ein Lärm und eine Verwirrung
ohne gleichen. Keiner rührte an den bluttriefen-
den Schwertträger. Verstörte Pagen, weinende
und ohnmächtige Weiber, ratlose Männer, ent-
setzte Greise drängten sich zwischen umgestürzten
Sesseln und Geräten. Krüge und Flaschen wurden
umgestofsen, über zerrissene Tafeltücher flofs in
geruhigen Bächen der edle Wein. Die Musik
spielte noch eine kleine Weile fort und brach
dann jäh erschrocken mitten im Liede ab. Der
Kronprinz trat dem Sänger zuerst entgegen.
„Was ist's, Liedler?" ⚘⚘⚘⚘⚘⚘⚘⚘⚘⚘⚘⚘⚘
Deinen Blonden hab' ich erschlagen. Er liegt
und mein Schatz kann ihn nimmer wecken."

Die Diener hatten indeſs Waffen herbeigetragen und zahlreiche Edle ſtürzten gegen die Thüre. Der Kronprinz aber drängte ſie zurück. „Haltet Ruhe, ihr Herren! Eilet lieber, nach dem Prinzen zu ſehen."

Der Erſchlagene und die über ihn gebückte Königin wurden von einem groſsen Gedränge umringt. Im Saal blieb allein der König zurück, deſſen Verſtand vom genoſſenen Wein verdunkelt war. Zu ihm trat der entſtellte Sänger, ſein Liebling, und trank aus ſeinem Becher. Der Kronprinz ſtand in der Thüre und betrachtete mit grauſamer Neugier den Trunkenen und den Wahnſinnigen, welche in dem verlaſſenen Prunkſaal, aus Einem Becher trinkend, ſonderbar und traurig anzuſehen waren, wie ein fabelhaftes Fratzenbild eines ſeelenkranken Malers.

In dieſem Augenblick loderte das letzte Feuerwerk prachtvoll hinter allen dunklen Fenſtern auf. Das Volk wälzte ſich in groſsen Haufen vor das ſtill gewordene Schloſs und ſchmückte mit ſeinem dankbaren Jubelgeſchrei das Feſt des Königs.

Gespräche mit dem Stummen.

Du lächelst? Du wiederholst deine ungesagte Frage? Was soll ich dir sagen! Dieses dunkle Zimmer, diese ungeschmückten Wände mit den Viereckspuren von Bildern, die keine Nachfolger fanden, dieses Knisterfeuer im Öflein, dieses Mondlicht auf unsern Händen und auf dem geöffneten Klavier, diese Stille und späte Stunde redet verständlicher als mein Mund von dem, was in mir zu Worte kommen möchte. ⚜⚜⚜
Einem Jugendkameraden müßt' ich mich vertrauen, flüsternd und mehr mit Blicken und Geberden redend, Einem, dem schon der Name eines Hauses oder Feldes genügte, um eine ganze Geschichte zu verstehen; Einem, der mich oft mit „Weißt du noch?" und gesummten Liedversen unterbräche. ⚜⚜⚜⚜⚜⚜⚜⚜⚜⚜⚜⚜⚜⚜⚜⚜⚜
Was weißt du, wenn ich sage: Meine Mutter? Du siehst dabei nicht ihre schwarzen Haare und ihr braunes Auge. Was denkst du, wenn ich dir sage: Die Glockenwiese? Du hörst dabei nicht das Windrauschen in den Kastanienkronen, und spürst nicht den Duft der Syringenhecke, und siehst nicht die blaue Fläche der Wiese, welche ganz mit den schwanken Glockenhäuptern der blauen Kampanula bedeckt ist. Und wenn ich dir den Namen meiner Vaterstadt sage, dessen Laut mir schon das Blut bewegt, so siehst du nicht die

Türme und den herrlich überbrückten Strom, und
siehst nicht den Hintergrund der Schneeberge und
hörst nicht die Volkslieder unsrer Mundart, und
hast nicht selber Lust und Heimweh dabei! ⚜ ⚜
Lieber lass mich dir ein Märchen erzählen.
Zwei Geiger hatten eine gute Freundschaft
untereinander, und waren beide bettelarm. Nun
geschah's an einem schwarzen Tag, dass ihnen
einfiel in die Wette zu spielen, wer von beiden
der grössere Geiger wäre. Von da an wuchs ihr
Ruhm; aber einer traute dem andern nimmer,
denn beide hatten ihre Seelen in Neid und Ehrgeiz bis in den Grund durchlauscht und alle
Tiefen ans Licht ihrer Kunst gezogen. Da spielte
der Eine in einer mondhellen Nacht ein trauriges
Lied. Das war so aus Nacht und Leid gezogen
und so voll schwermütigen Andenkens an die
eigene verstörte Freundschaft, dass es tiefer und
herzbannender als irgend sonst ein Lied zu hören
war. Dieses Lied vernahm der andere Geiger
voll Neides, drang in die Stube des Freundes
und mordete Geiger und Lied. Von dieser Nacht
an ward er der erste Meister seiner Kunst. Er
spielte an Fürstenhöfen und machte die Herzen
der Könige zittern, denn seine Weisen drangen
in den Grund der Seele, wo die Engel und Teufel
der ungeborenen Gedanken und Thaten wohnen.
Sein Gesicht aber wurde mager, blass und scharf,
sein Herz wurde zu einem Sitz aller Ängste, alles

Mifstrauens und aller Bosheit, und sein Spiel bestahl und schändete täglich die unantastbarsten Innerlichkeiten seiner Seele. Eines Tages nun vermafs er sich vor vielen Hörern jenes letzte Lied seines Freundes zu spielen. Da stand plötzlich der Ermordete vor ihm, das Messer in der Brust, und spielte auf seiner Geige mit, noch weher, noch mächtiger, so dafs der Meister schreckblafs und stieräugig vor der Menge stand. Diese sah den Ermordeten nicht und hörte nur mit einem Grausen, dafs Zweie geigten. Eine Angst ging durch den grofsen Saal, und als der Spieler zu Ende war, war eine Totenstille.

Du lächelst? Du wiederholst deine ungefragte Frage? Weifs ich, ob du ein Messer bei dir trägst? Habe ich nicht, während ich neben dir sitze und deine Hand halte, einen Schatz bei mir, dessen Wesen und Glanz dir noch unbekannt ist? Ein Lied, dessen Zauber zum Neid reizt? Einen Schmerz, der dich beschämen könnte? Und wie dann, wenn ich eines Tages dir ins Auge blickte und mein Lied mit dir spielte?

Du lächelst? Verzeih mir, Schweigsamer! Du bist das Marmorbild, dem ich spielend gern meine goldenen Ringe an die Finger lege. Wie aber, wenn du plötzlich aufhörtest zu lächeln und die steinernen Finger zusammenkrümmtest? Aber ich weifs noch ein anderes Märchen.

Einen Ritter, welcher einen seinzigen Freund besaß, lüstete eines Tages in die Zukunft zu sehen. Er fragte einen Zauberkundigen, den er reich beschenkte. Der Zauberkundige sah dem Ritter eine Weile ins Auge und sagte dann: "Diese Nacht, im Traum, wird dir Antwort werden."

In der Nacht, in einem schwülen Fieberschlaf, sah der Ritter zwei Lebenslinien, Strömen zu vergleichen, neben einander laufen. Er erkannte sein Leben und das seines Freundes. Die beiden Linien verschlangen und wirrten sich, und nach einer kurzen Verknüpfung floß eine, die andere besiegend und fressend, breit und glänzend lange fort. Auf diesen Traum hatte der Ritter einen bösen Tag. Darauf beschlich er nächtens die Burg seines Freundes, ihn zu ermorden. Er kletterte auf den Wall, fiel in den Graben und brach den Hals. Der Freund betrauerte ihn lang, ward mächtig und reich und erreichte ein hohes Alter.

Mich wundert oft, welcher von uns das zähere Leben habe. Wenn mich nach einem grausigen Traum gelüstet, dann denke ich mir, du begännest einmal zu reden und sagtest mir plötzlich ein Wort von den vielen Worten, die du von mir gehört hast. Würde nicht die unerhoffte Rückkehr dieses Wortes mich zu Tode erschrecken? Oder du gingest von mir und trügest die Last meiner Geständnisse mit dir hinweg. Wäre mir da nicht wie einem Reichen, dessen Kleinode ein Kind durch die Raubgier einer bevölkerten Strafse trägt? So gebe ich dir täglich einen neuen Schatz zu hüten und mache dich täglich nach neuen Bürden lüstern. Weist du aber, ob ich nicht graufam bin? Oder weifst du das beffer als ich?

Oft meine ich, dafs du mich beffer kennen müffeft, als ich felbft vermag. Oder weshalb schüttelst du das Haupt, wenn ich dir eine alte Sache wieder erzähle und ändere darin eine Farbe, einen Namen oder nur eine Geberde? Wenn du mich lügen hörteft? Wenn ein Streit zwischen uns entftände? Müfste es nicht ein Streit auf Leben und Tod fein? So weifs ich nicht, ob du meiner Langmut anheimgegeben bift, oder ich der deinigen.

Zuweilen, wenn dein Lächeln eine meiner Erzählungen begleitet, fcheint es mir Augenblicke lang das Lächeln des Wiedererkennens zu fein. Bift du dabei gewesen, als ich dieses that und jenes zu thun unterliefs? Haft du zugefehen, als ich diefen Frevel beging und jene Wohlthat übte? Ift das, was dich an mich feffelt, vielleicht die Folge einer früheren mir unbekannten Gegenwart, ein böses Gewiffen, eine Mitwifferfchaft, ein böfes Mitgewiffen? So wäre der Grund unfrer Gemeinfchaft ein Spiegel- und Troftbedürfnis, die Notwendigkeit eines Mitleidenden, und vielleicht der allezeit wache Argwohn Zweier, die ein gemeinsames Verbrechen begangen haben. Also dass wir aneinander leben und aneinander zu Grunde gehen müssten? ✺✺✺✺✺✺✺✺✺✺

Oder wie kommt es, dass du gerade dann immer zu mir trittst, wenn eine Lust zu Rede und Vertraulichkeit sich in mir regt, als fürchtetest du, diese möchte sich einem Dritten offenbaren? Was beschwert denn meine Erinnerung, das für Einen zu schwer zu tragen wäre!
✺

In Stunden, welche schweren Träumen vorausgehen, in diesen unruhig trägen, bleigrauen, fiebernden Stunden hat mich oft eine stachelnde Begierde erfüllt, dich zu quälen, dir schmerzliche Geheimnisse zu rauben und dich stöhnen zu hören, dir den Fuss auf die Brust zu setzen oder dich eng zu würgen. Dann, wenn meine Einbildung schon dein Ächzen vernahm und Blut an deinem Halse sah, tratest du manchmal zu mir. Ich aber wurde von Angst und Mitleid ergriffen, streichelte deine Hände, nannte dich mit Schmeichelnamen und vermied es, in deine Augen zu blicken. Weshalb hatte ich Angst vor dir? ✺✺✺✺✺✺✺✺✺

Oder weshalb liebe ich dich? Denn ich liebe dich mit der Liebe, welche jeder Verwandlung fähig ist und keine höchste Stufe kennt. Ich liebe dich wie ein gutes Haustier, ich liebe dich wie eine Schöpfung meiner Kunst, ich liebe dich wie man die Rätsel und das Schauerliche liebt. Ich liebe dich auch wie ein Glied meines Leibes, und liebe dich wie einen morgenden Tag, und wie ein Abbild meiner selbst, und wie meinen Dämon und meine Vorsehung. Wie aber liebst du mich?

An frau Gertrud.

Im einsamsten Gemach meines Schlosses, unter der Wölbung des schmalen Fensters, sitzest du oft, freundlichste unter meinen Toten. Über alles Zusammensein und Händehalten hinaus dauert noch deine unbegreifliche, gütige Gegenwart, wie eines Sternes, der verschollen ist und dessen Strahlen doch lange Zeiten noch zu uns reichen. 🙦🙦🙦🙦🙦🙦🙦🙦🙦🙦🙦🙦🙦🙦🙦🙦🙦
Ich kann nicht mehr zählen, wie oft ich unter dem Himmel der Vita Nuova gewandelt bin. Ich kann nicht zählen, wie oft ich verzweifelte, ein anderes Bild deiner Erscheinung zu finden.
Keine Schönheit, wenn nicht die jenes süßesten Gedichtes, ist dir zu vergleichen. Mir ist oft, als wärest du die gewesen, die einst an dem entrückten Dante vorüber ging, und wärest nur einmal noch über die Erde gewandelt, im Schatten meiner sehnsüchtigen Jugend. Daß ich dich mit leiblichen Augen gesehen habe, daß deine Hand in der meinen lag, daß dein leichter Schritt neben dem meinen über den Boden ging, ist das nicht eine Gnade der Überirdischen, ist das nicht eine segnende Hand auf meiner Stirn, ein Blick aus verklärten Augen, eine Pforte, die mir in das Reich der ewigen Schönheit geöffnet ward? 🙦🙦
In Schlafträumen sehe ich oft deine leibliche Gestalt und sehe die feingliedrigen, weißen

finger deiner adligen Hände auf die Taften des Flügels gelegt. Oder ich fehe dich gegen Abend ftehen, die Farbenwende des erblaffenden Himmels betrachtend, mit den Augen, welche von der wunderbaren Kenntnis des Schönen voll tiefen Glanzes waren. Diefe Augen haben mir unzählige Künftlerträume geweckt und gerichtet. Sie find vielleicht das Unfchätzbarfte, was meinem Leben gegeben wurde, denn fie find Sterne der Schönheit und Wahrhaftigkeit, voll Güte und Strenge, unbetrüglich, richtend, beffernd und belohnend, Feinde und Rächer alles Unwerten, Unwefenhaften und Zufälligen. Sie geben Gefetze, fie prüfen, fie verurteilen, fie beglücken mit überfchwenglichem Glück. Was ift Vorteil, was ift Gunft, was ift Ruhm und menfchliches Lob ohne die Gewährung und das gnädige Leuchten diefer unbeftechlichen Lichter!

Der Tag ift laut und graufam, für Kinder und Krieger gerecht, und alles Tagleben ift vom Ungenügen durchtränkt. Ift nicht jeder eindämmernde Abend eine Heimkehr, eine geöffnete Thür, ein Hörbarwerden alles Ewigen? Du Wunderbare haft mich gelehrt, heimzukehren und mein Ohr den Stimmen der Ewigkeit zu öffnen. Du fagteft, als fchon das letzte Thor bereit war vor dir die Flügel aufzuthun, zu mir die Worte: „Laß dir die Abende heilig fein und dränge ihr Schweigen nicht aus deiner Wohnung. Auch

vergiß der Sterne nicht, denn sie sind die obersten Sinnbilder der Ewigkeit." 🙞🙞🙞🙞🙞🙞🙞🙞🙞🙞
Und ein andermal hast du gesagt: „Denke daran, auch wenn ich dir genommen bin, Frieden mit den Frauen zu halten, denn alle Geheimnisse stehen ihnen am nächsten." Seither habe ich mit niemandem solche Gespräche ohne Worte gehabt, wie mit Sternen und Frauen. 🙞🙞🙞🙞🙞🙞🙞🙞🙞

🙞

In der Stunde, da wir unsre Freundschaft beschlossen, trat noch Einer zu uns, unsichtbar und unbegreiflich, ein Geist und Schutzgott. Mir ist, er habe unsichtbare Geberden eines Segnenden über mir gemacht, und jene Worte geredet; apparuit jam beatitudo vestra. Dieser ist seitdem bei mir geblieben und hat sich vielfältig oft an mir erwiesen, als ein Arm des Trostes, als ein Rätseldeuter, als Dritter eines Glückes. Oft war meine Hand zu Übereilungen hingeboten und er drängte sie zurück; oft war ich einer Schönheit vorübergegangen und er nötigte mich still zu stehen und zurückzublicken; oft wollte ich ein grünes Glück vom Ast brechen, und er riet mir: „Warte noch!" 🙞🙞🙞🙞🙞🙞🙞🙞🙞🙞🙞🙞🙞🙞🙞

Was versöhnlich und liebenswürdig ist, was holde Stimmen hat und tröstliche Bedeutungen, was selten, edel und von abgesonderter Schönheit ist, hat seitdem eine sichtbare Seite für mich und irgend einen Weg zu meinen Sinnen.

Die Ströme in der Nacht reden mir deutlicher, die Sterne können nicht mehr ohne mein Mitwissen auf- und niedersteigen. ✽✽✽✽✽✽✽✽✽✽

Dieser mein Tröster und unsichtbarer Dritter kam auch an einem Tage zu mir, da mein Herz den Takt verloren hatte und mein Auge zu erblinden schien. Er glättete meine Stirn, er lehnte zuweilen an mich und sagte mir etwas ins Ohr, er ging vorüber und drückte mir die Hand. Du aber lagest in lauter Theerosen gebettet, voller Friede, voller Verklärung, freundlich, aber ohne Lächeln. Du lagst und rührtest keine Hand, lagst und warst kalt und weiß. ✽

Diese Stunde erschien mir als eine unergründlich schwarze Nacht. Ich stand in dichter Finsternis und wußte nicht wo ich war, ohne Nähe und Ferne, wie von erloschenen Lichtern umgeben. Ich stand unbewegt und fühlte auf allen Seiten Abgründe neben mir offen, spürte nur meine ineinander gelegten Hände hart und kalt, und glaubte an kein Morgen mehr. Da stand der Tröster neben mir, umschlang mich mit festen Armen und bog mein Haupt zurück. Da sah ich im Zenith eines unsichtbaren Himmels inmitten der vollkommenen Finsternis einzig einen hellen, milden, strahlenlosen Stern von seliger Schönheit stehen. Als ich diesen sah, mußte ich eines Abendes gedenken, an dem ich mit dir im Walde ging. Ich hatte meinen Arm um dich gelegt und plötzlich zog ich dich ganz an mich her und bedeckte dein ganzes Gesicht mit schnellen, durstigen Küssen. Da erschrakest du, drängtest mich ab und sahest wie verwandelt aus. Und sagtest: „Lass, Lieber! Ich bin dir nicht zu Umarmungen gegeben. Der Tag ist nicht fern, an dem du mich mit Händen und Lippen nicht mehr erreichen wirst. Aber dann kommt die Zeit, dass ich dir näher sein werde als heute und jemals." Diese Nähe überfiel mich plötzlich mit unendlicher Süssigkeit, wie ein völliges Aug in Auge, wie ein Kuss ohne Ende. Was ist alle Liebkosung gegen dieses namenlose Vereinigtsein!

Auf Wanderungen durch die Orte, an denen wir beisammen waren, kam diese Wonne später noch manchmal über mich, schon lange Zeit nach deinem Tode. Einmal, als ich im Schwarzwalde bergan durch einen dunklen Forst wanderte, sah ich deine helle Gestalt von der Höhe her mir entgegen gehen. Du kamst mit deinem alten Händewinken den Berg herab, begegnetest mir und warst verschwunden, während zugleich deine Gegenwart mein Inneres süss und tief erfüllte.

Am häufigsten aber trittst du an den Himmel meiner Träume wie damals am Tag meiner grössten Finsternis, als der milde Stern der Gnade, voll seliger Schönheit.

Am einen Abende, als Mufik und lautes Ge-
fpräch dich bis in die letzten Gartenwege verfolgte, fand ich dich dort auf und nieder gehend,
gab dir meinen Arm und begleitete dich. Da
fagteft Du: Wenn ich nicht mehr hier fein werde
und wenn du felber einmal leifer geworden bift,
wird vielleicht diefer vergehende Abend und
mancher, der fchon vergangen ift, dir gegen-
wärtiger und wirklicher fein als deine eigene
Hand. Dann wirft du Mitternachts irgendwo
in deinem Zimmer wach fein, vielleicht weit von
hier. Vor deinen Fenftern aber wird die nahe
Welt zurückweichen und du wirft glauben, diefen
Weg und uns beide darauf wandeln zu fehen."
Heute nun liegt diefer Abend vor mir, in die
entfernte Mufik mifchen fich wieder unfere
leifen Stimmen, dafs ich nicht weifs, ob jener
Abend oder der heutige wirklich und vom ir-
difchen Monde erleuchtet ift.

Notturno.

Mein Roſs hält an, reckt den ſchönen Hals und wiehert in den Abend. Ich grüſse dich! Ich grüſse dich, meine Cederndunkle Zuflucht! Du Friedebringende, du Weltferne, Unberührte, mit dem ſchwarzen, koſtbaren Gürtel! In einem tiefen, tagebreiten Cederwald liegt ein See und eine granitene Burg verſchloſſen. Ein Schloſs für die Ewigkeit gebaut, koloſſal und quaderfeſt, mit ungeheuren normänniſchen Ecktürmen, und mit einer einzigen Thüre. Dieſe öffnet ſich auf eine Treppe aus breiten Quaderſtufen, und die Treppe führt in den ſchwarzen, bodenloſen See. Der eisgraue Wächter hört und erkennt mein Roſs. Er tritt bedächtig durch die eherne Thüre und über die grünlichen Stufen. Er löſt das Königsboot von der ſchweren Kette und rudert lautlos mit einem Ruder über das ſpiegelſchwarze Waſſer. Er nimmt mich auf und ſteuert zurück. Wir legen das Boot wieder an die Kette mit den eiſernen Viereckgliedern. ⚜ ⚜

Wir ſetzen uns auf die Schwelle der ehernen Thür. Das Wipfelflüſtern wächſt im Abendwind, die Dämmerung ſchleicht zwiſchen den Stämmen am Ufer hin. Der Wächter hat das Greiſenhaupt auf beide harte Hände geſtützt und dringt mit langen, ruhigen Blicken in den Abend. Vor uns liegen die vermooſenden Stufen und der unbewegte See, auf beiden Seiten steht die tausendjährige, hohe Wand des heiligen Waldes und schließt gegenüber am fernen Seerande den dunklen Ring. Stunden fliegen auf unhörbaren Fittigen über uns hinweg.

Jenseits des Wassers zittert über den Wipfeln ein kleines Licht herauf, hebt sich und wächst und beginnt hell zu leuchten, und löst sich schwebend als voller Mond vom Walde los. Von unserem Sitze anhebend verbreitet sein Licht sich langsam über den See, bis die runde Wasserfläche ohne Schatten in reinem, tiefem Lichte schwimmt, unbewegt, wie ein unendlicher Spiegel. Mit unvermindertem Glanze blickt der silberne Mond aus der unergründlichen Tiefe.

Der Wächter ruht mit unverwandtem Blick auf dem langsamen Wandel des Spiegelmonds. Sein Gesicht ist traurig, und ich fühle wohl, dass er mit mir reden möchte. Ich frage ihn, und ich dämpfe schnell meine Stimme zum Flüsterton, erschrocken über ihr Hallen in dem einsamen Waldrunde. Ich frage ihn: „Du bist traurig. Woran denkst du?"

Er wendet nicht den Blick, aber er senkt ein wenig das weiße Haupt und seufzt. Und sagt: „Vor tausend Jahren saß ich hier auf dieser Thürschwelle, und blickte über den nächtigen See. Dort aber, in der Mitte des Wassers, wo jetzt der Mond sich abmalt, schwamm ein Totenkahn und brannte steilauf in lohroten Flammen. Der ganze See war rot vom Widerschein des brennenden Nachens. Und der darin lag, war mein letzter König."

Der Greis bedeckt sein Haupt mit dem Gewand. Nach einer Weile enthüllt er sich und hat noch Tropfen im Bart. Er erzählt: „Wenige Zeit danach stiess ich den letzten Leichenkahn von dieser Treppe brennend hinaus. Lag eine übermenschlich schöne, schneeblasse Dame in purpurnen Prachtkleidern darin. Meine letzte Königin." Der Cederwald rauscht tieftönig auf. Aus dem bodenlosen Wasser blickt traurig der runde Mond. „Diese hab' ich geliebt". — —

Seit allen vielen Jahren bewahrte ich das Schloss, und sass stille Abende lang auf meiner Treppe. Aber du weisst dies ja wohl, denn du hast mich ja mit Namen gerufen und bist der Einzige, der diese Zuflucht seit tausend Jahren betreten hat. Du hast ja auch die Schlüssel Ihrer Gemächer! Willst du eintreten?"

Wir schliessen hinter uns das Thor. Der Wächter nimmt die Fackel vom Ring und leuchtet mir die Treppen hinan. Ihr heimatliche, tausendjährige Treppen! Ihr bronzene Zierleuchter! Ihr Fliesengänge, in denen das Echo königlicher Schritte erwacht, wenn ich darüber trete! An der letzten Thüre bleibt der Wächter stehen, und bückt sich tief, und lässt mich allein.

Ich trete in das alte Zimmer, ich fpüre den Grufs der vergangenen Zeiten, denfelben, den ich fchon als ein fcheuer Knabe vor vielen Jahren hier verfpürte. Gemach unferer letzten Königin! Scharlachene Teppiche, löwenköpfige hohe Seffel, goldnes und edelfteinenes Frauenfpielwerk. Ein heidnifcher Gott, eine Kriegsbeute, fteht mitten im Gemach, hat ein goldenes Stirnband umgelegt und die kleine Harfe der Königin im Arme hängen. Das ift die Harfe, welche Nächte lang mit langen Klagtönen den See und die ftillen Schwäne bezauberte! Das ift die Harfe, die den Gefang des blonden Mitternachtsbuhlen begleitete!

Der raufchte in verwölkten Sturmnächten nafs und blank aus dem zitternden See und trat durch die fchlafenden Knechte, und kofete im dunklen fcharlachenen Zimmer mit der Liebeskönigin. Der ftiefs das lange Schlangenfchwert durch die fröhliche Bruft des letzten Königs. Der küfste in einer braufenden Gewitternacht den Tod auf den roten, liebekundigen Mund der Königin.

Die ebenholzene Harfe hängt im Arm des ftillen Gottes. Ich betrachte lang ihre fchlanke, fremde Form mit dem perlgezähnten, fmaragdäugigen Drachenkopf, und die feinen Saiten, und atme die unermefslichen Schickfale und Leidenfchaften einer vergangen unvergänglichen, übermächtigen Zeit.

Das Fenster ist unverhängt; ich lege mich in das Gesimse. Treppe und See liegt unter mir. Der Wächter sitzt traurig auf seiner Stufe und sättigt sein Auge an der Seetiefe und bewahrt in seiner Eisenbrust das brandende Meer seiner unsterblichen Liebe. Wächter, See und Wald seit tausend Jahren ohne Tod und Zeit, zauberversunken, im Ring wachhaltender Jahrhunderte und darüber, ohne Tod und Zeit, der volle ruhige Mond. Jeder Atemzug ein Trunk aus dem unerschöpflichen Becher der Ewigkeit, jeder Herzschlag eine stille ungezählte Welle im Meer des Schweigens!

Nahe erscheint auf dem Wasser, wie ein leuchtender Streif, eine weiſse Helle. Bleibt stehen, schlägt mit Flügeln und ist ein groſser Schwan. Der Schwan rudert langsam fort. Fort und weit in den See hinein. Dort hält er an, ist kaum noch sichtbar, hebt sich wund und stolz, und sinkt in Grund. Ein süſser, wunder Ton kreist über Schloſs und See, und ich weiſs nicht, ist es ein Schwanenlied oder ein erwachter Ton der schwarzen Liebesharfe. Der Wächter aber ist aufgestanden und blickt mit erhobenem Haupt entrückt und selig dem weiſsen Wunder nach, breitet beide Arme aus und steht noch lang, den süſsen Ton im Ohr. Auch ich; und mich kühlt eine selig wohllaute Stille bis ins Herz.

Der Wächter fragt mit einem Blick herauf. Ich nicke zu, verschliefse das Gemach der Königin und steige die breite Treppe nieder. Das Boot ist schon gelöst. Ich steige ein, und der Greis taucht das lautlose Ruder tief in die schwarze Flut.

Der Traum vom Ährenfeld.

Einmal hab' ich Dich schon geträumt, mein Traum vom Ährenfeld! Überflute mich wieder mit deinem rot und goldenen Leuchten! Tritt wieder über die Schwelle meiner Nacht und sei wieder der Vorbote eines neuen Glückes!

Siehe, er tritt hervor, aus dem verschlossenen Garten meiner Frühe, dessen Luft voll Silbers und dessen Schatten voll Zukunft ist. Ich meine das Rauschen seiner Bäume zu vernehmen und den Geruch seiner Wiesen zu spüren; mein Heimweh sättigt sich an seiner Fülle, mein Auge verwandelt sich und ruht ungebrochenen Blicks auf den Frühlingen meiner frühesten Jugend. Der Traum wird mächtig und breitet ein gelbes Ährenfeld vor mir in sonnenheller Weite aus.

Ein Ährenfeld in heller Sonne! Eine Flut gelbroter Farben, eine Fülle stetigen Lichtes, in der Tiefe rötlich verklärt, an den Rändern von Glanzwellen und rastlosen Wechselfarben lebendig! Ein endloser Anblick voll Ruhe und Genügen, ein Born des Glückes und der Schönheit, ein angehäufter Schatz alles Dessen, was urprächtig, unberührt, in sich beschlossen, und unwiederbringlich ist. Dieses alles senkt sich in mein Herz, findet alle leeren Kammern, füllt und füllt und fließt über wie ein Strom aus einem tiefen See.

Wie vermöchte ich zu sagen, was mein kindgewordenes Herz nun erfüllt, was mein Blut so milde erwärmt und mein Auge so offen, still und glänzend macht! Erfüllt und eins mit dem Licht der Sonne und des stillen Feldes kehrt mir Auge und Herz unter die Brüder meiner Kindheit zurück, zu dem wogenden Feld, zu dem reinen Himmel, zu den geschwisterlichen Bäumen, Bächen und Winden.

Ich grüße euch, Brüder und Schwestern! Verzeihet, was in der Fremde geschehen ist! Ich war lange Zeit krank, mein Ohr und Auge reichte nimmer zu euch, mein innerster Grund war mir fremd geworden. Das in mir, was von Ewigkeit und Muttergeschenk ist, war in Ketten gelegt, sein schweres Atmen reichte nur in den stillsten Mitternächten noch zu mir herauf. Nun atmet es befreit, und atmet mit meiner Brust, und erschließt alles in mir der entschleierten Gegenwart.

Du leuchtendes Ährenfeld! Tränkst du mein Auge mit deiner ruhigen Klarheit, oder ist es das Licht meines Glückes, das aus meinem Auge überquellend dich glänzen macht und die Sonne entzündet? Reich und nehmend, bedürftig und austeilend, zweieins, süßer Kern eines ewigen Rätsels, so ist meine Liebe und deine. Wie bin ich befreit von allen Maßen und Mittelpunkten! Wo ist noch Anfang oder Ende,

wo ift noch Wille und Ziel, oder Urfprung und
Brücke? 🙦🙦🙦🙦🙦🙦🙦🙦🙦🙦🙦🙦🙦🙦🙦🙦🙦🙦🙦🙦
Du leuchtendes Ährenfeld, bift du nicht ein
Bild meiner befreiten Seele? Du und ich,
beide in flutender Helle, beide reich an
Unausfprechlichem, beide einander
befchenkend, und beide fich
neigend unter einer
füfsen Laft?

Incipit vita nova
EIN NACHWORT

Im Jahre 1769 bot Goethe sein Drama ›Die Mitschuldigen‹ dem Verleger Johann Georg Fleischer in Frankfurt an; Goethes erstes Angebot an einen Verleger wurde von diesem abgelehnt, und Goethe sollte sich ein Leben lang an diese Zurückweisung erinnern; danach veröffentlichte er seine Schriften zunächst anonym oder pseudonym. Hermann Hesses erster Versuch im Jahre 1897, Geschriebenes zum Druck zu bringen, scheiterte ebenfalls; ein Aufsatz, an Christoph Schrempf, den Redakteur der Zeitschrift ›Die Wahrheit‹ gesandt, kam mit einem »schonungslosen« Schreiben zurück. Die erste Veröffentlichung, der Gedichtband ›Romantische Lieder‹, erschien 1899 bei E. Pierson in Dresden. Hesse beteiligte sich mit 175 Mark, einer damals gewiß großen Summe, an den Herstellungskosten. Die Auflage betrug 600 Exemplare, von denen zunächst nur 54 Exemplare verkauft wurden. Ein Kritiker rühmte zwar das »Genie des Herzens«, aber sonst blieb dem Band ein Echo versagt. In dieser Zeit, 1895 bis 1898, machte der junge Hermann Hesse in Tübingen in der Buchhandlung Hekkenhauer eine Buchhändlerlehre; er schrieb Gedichte, Prosaskizzen und den Roman ›Schweinigel‹, dessen Manuskript verlorenging. Seit 1897 stand er im Briefwechsel mit einer »norddeutschen Dichterin«. Helene Voigt war damals 22 Jahre jung, und auf dem Portraitphoto, das sie im Mai 1898 an Hesse nach Tübingen gesandt hatte, war sie betörend schön. »Helene Voigt«, erinnerte sich Hesse 1938, »war der erste Leser, der mir einen Brief schrieb, damals war ein Gedicht von mir in einer seither verschollenen Zeitschrift erschienen, eins meiner ersten, die gedruckt wurden, und daraufhin kam ein Brief der damals 19- oder 20-jährigen Helene Voigt, die es gelesen hatte und mir dafür dankte.« Gesehen haben die beiden sich nie. Helene Voigt hatte ihm im Brief vom 1. März 1898 ihre Verlobung mit dem Verleger Eugen Diederichs mitgeteilt, die Hochzeit fand Juni 1898 statt.

Eugen Diederichs wäre fast wie sein Vater und Großvater Landwirt geworden, aber sein leidenschaftliches Interesse an Büchern und ein längerer Italienaufenthalt bewegten ihn, 1896 als 29jähriger einen Verlag in Florenz zu gründen. Von der Macht des Geistes überzeugt, wählte der Verleger den König der Tiere zum Wappentier, den Löwen des Florentiner Bildhauers Donatello. Donatello war der vielseitige Meister der Frührenaissance-Skulptur, seine Plastiken zeigten den Realismus der Gegenwart, zugleich nahm er aber auch an der Wiederentdeckung der Antike leidenschaftlichen Anteil. Wie dieser Künstler, so sollte auch Eugen Diederichs das Neue wie das Alte achten und pflegen. Unter der Ortsangabe »Florenz und Leipzig« eröffneten zwei Gedichtbände des Malers E.R. Weiss das Verlagsprogramm, es folgten Bücher des Flamen Maurice Maeterlinck, Essays von Carl Spitteler (zwei spätere Nobelpreisträger), ein Roman von Jens Peter Jacobsen und Werke von Stendhal und Tolstoj, sie signalisierten den weltliterarischen Anspruch des Verlages.

Hesse hatte von Diederichs, »dessen erste Bücher in Florenz erschienen waren, mehrere interessante und neuartig ausgestattete Bücher kennengelernt«, und so schickte er ihm Anfang 1899 das Manuskript der Prosaskizzen ›Eine Stunde hinter Mitternacht‹. Der Fürsprache der Verlegergattin ist es zu danken, daß das Manuskript angenommen wurde, der 1971 erschienene Briefwechsel zwischen Hermann Hesse und Helene Voigt-Diederichs belegt dies. Diederichs selbst stand nicht unkritisch zum Manuskript. Am 4. 4. 1899 schrieb er an den Verfasser: »Wenn ich mich daher heute bereit erkläre, Ihr Buch zu verlegen und sofort mit dem Druck zu beginnen, damit es noch zum Geburtstag Ihrer Frau Mutter fertig wird, so thue ich es nicht wegen Ihrer Freundschaft zu meiner Frau, sondern wegen der Schätzung, die ich Ihren schriftstellerischen Arbeiten entgegenbringe. Aber bei all dem Einzelnen, was ich an Ihnen schätze, fehlt mir immer etwas an Ihrem Wesen, was ich ein bewußtes Ruhen in sich selbst nennen möchte. Ich muß sagen, daß mir im allgemeinen das Befreiende fehlt. Wenn ich mich in das Seelenleben eines anderen vertiefe und mich nur von ihm wie Dante von Vergil führen lasse, möchte ich nicht immer seine inneren Bekümmernisse durchleben, sondern vor allem seine Befreiung daraus. Sonst legt man das Buch mit dem Gefühl aus der Hand, ja es war interessant, aber es treibt dich nicht, es das zweite Mal zu lesen. — Geschäftlich habe ich daher nur zu den Büchern Vertrauen, die man jederzeit wieder liest. Also, wenn ich offen gesagt wenig Glauben an den geschäftlichen Erfolg des Buches habe, so habe ich doch desto mehr Überzeugung von seinem literarischen Wert.« Diederichs schlug eine Auflage von 600 Exemplaren vor, Hesse war einverstanden. In seinem zweiten Brief merkte Diederichs noch einmal seine Skepsis an: »Daß ich sechshundert absetze, darauf rechne ich auch nicht, aber ich hoffe, daß es schon durch die Ausstattung allein auffallen wird und der unbekannte Name des Autors dadurch paralysiert wird.« Hesse hat immer wieder die offene und ehrliche Art dieses Verlegers gelobt, aber es wird ihm schon merkwürdig vorgekommen sein, daß die Ausstattung das Unbekannte eines Autors »paralysieren« sollte.

Vorausexemplare waren im Juni 1899 fertig, im Juli erschien das Buch in einer Auflage von 600 (genauer: 651) Exemplaren; der geschäftliche Erfolg, so erinnerte sich Hesse, blieb aus, im ersten Jahr seien 53 Exemplare verkauft worden. Jahre später, als Hesse durch ›Peter Camenzind‹ bekannt geworden war, belebte sich der Absatz wieder, im Verlagsverzeichnis von 1919 wurde jedoch noch die Erstausgabe zum Preis von 4 Mark angezeigt. Inzwischen hatte sich Hesses Einstellung zum Buch geändert, und er veranlaßte den Verleger, von einem Neudruck abzusehen, der denn auch bis 1941 unterblieben ist.

Warum hatte sich Hesses Einstellung geändert? Er fühlte sich von niemand verstanden, er hatte seine innere Welt dargestellt, und er mußte erfahren, daß diese Darstellung seiner Träume und Symbole von der Umwelt nicht aufgenommen, nicht akzeptiert wurde. Hesse hatte sich in diesem Buch, wie er rückblickend schrieb, »ein Künstler-Traumreich, eine Schönheitsinsel geschaffen, sein Dichtertum war ein Rückzug aus den Stürmen und Niederungen der Tageswelt in die Nacht, den Traum und die schöne Einsamkeit, es fehlte dem Buch nicht an ästhetenhaften Zügen.« In seiner Widmung an Helene Voigt-Diederichs bittet er sie, »den Ersatz für alle Mängel in seiner großen persönlichen Ehrlichkeit zu suchen«, und spottete über sich selbst, wenn er in einem Briefgedicht schon 1900 schrieb:

»Was heut modern und raffiniert,
Ist übermorgen antiquiert,
Was gestern wunderbar und gold,
Ist heute alt und überholt.
Ich seh' schon, wie mein Enkel lacht
Der alten wunderlichen Welt,
Wenn er einmal in Händen hält
Die ›Stunde hinter Mitternacht‹!«

Drei Rezensenten widmeten dem Buch ihre Aufmerksamkeit. Wilhelm Scholz rügte im ›Literarischen Echo‹ Hesses Abhängigkeit von Maeterlinck und Stefan George; über die erste ließe sich argumentieren, aber Stefan George war Hesse damals noch gar nicht bekannt. Georg Heinrich Meyer meinte, daß diese Prosa sich nicht als dauerhaft erweisen werde. Dagegen Rainer Maria Rilke: »Es verlohnt sich wohl, von einem Buche zu reden, welches fürchtig ist und fromm von einer dunklen, betenden Stimme. Denn die Kunst ist nicht ferne von diesem Buche. Der Anfang der Kunst ist Frömmigkeit: Frömmigkeit gegen sich selbst, gegen jedes Erleben, gegen alle Dinge, gegen ein großes Vorbild und die eigene ungeprobte Kraft.« Aber entscheidend für Hesses resignative Skepsis waren nicht das mangelnde öffentliche Echo oder der schlechte Verkauf, entscheidend waren »biographische Gründe«, die er jedoch nicht nannte. Heute wissen wir aus den erschlossenen Briefen, welch verheerende Wirkung das Buch bei den Eltern Hesses auslöste. Am 14. Juni (am Geburtstag der Mutter) war das Buch in Calw eingetroffen, die Mutter hatte es sogleich gelesen: »Einige Sätze sind so unanständig, daß kein Mädchen sie je lesen sollte, so redet man von Tieren nicht von Menschen.« Sie hält ihrem Sohne Goethes Einsicht vor: »Alles was unseren Geist befreit, ohne uns Herrschaft über uns selbst zu geben, ist verderblich.« In einem zweiten Brief vom 15. Juni wird ihre Empörung noch deutlicher: »Kind, ich bin Deine Mutter und liebe Dich, wie nicht leicht sonst jemand Dich lieben kann, darum muß ich warnen und wahrreden. Mein Herz empört sich gegen solches Gift. Es gibt eine Welt der Lüge, wo das Niedre, Tierische, Unreine für schön gilt. Es gibt ein Reich der Wahrheit, der Gerechtigkeit, des Friedens, das uns die Sünde als Sünde zeigt und hassen lehrt und uns einführt zur göttlichen Freiheit. Zu Hohem, Ewigem, Herrlichem ist der Mensch berufen — will er Staub lecken? Herzenskind, Gott helfe Dir und segne Dich und rette Dich heraus.« Welche Erfahrungen Hesse auch mit Vater und Mutter in den Jahren seiner Kindheit und Jugend gemacht hatte, der Liebe seiner Mutter war er sicher. 1902, kurz bevor die 60jährige starb, schrieb er: »Und doch warst Du in all den Tagen / die, die am besten mich verstand.« Um so mehr mußte ihn die Aufnahme des Buches durch seine Mutter und durch die Familie treffen. Da ihn zudem ästhetenhafte Züge in einzelnen Stücken störten, verbannte er das Buch aus seinem geistigen Haushalt, erst 1941 durfte es wieder aufgelegt werden, und er konnte schreiben: »Heute nun scheint mir die ›Stunde hinter Mitternacht‹ für den Leser, dem es um das Verständnis meines Weges zu tun ist, mindestens ebenso wichtig wie ›Lauscher‹ und ›Camenzind‹.«

In einem Prosastück des Buches mit dem von Dante übernommenen Titel ›Incipit vita nova‹ lesen wir: »Da ging ich frierend unter den Trümmern meiner Jugendwelt, über zerbrochene Gedanken und gliederzuckende, verzerrte Träume, und was ich anschaute, fiel in Staub und hörte auf zu leben.« Trümmer, Isolation, Schuldgefühl, Verzweiflung einer Jugend verrät diese Stelle. Die Biographen haben die Realität dieser Verzweiflung entweder nie wahrgenommen, wie etwa Hugo Ball, der den Satz schrieb, Hesse sei »das jugendliche Volkslied, in unendlicher Variation«, oder sie glaubten angesichts freundlicher Familienphotos und des harmonisch wirkenden Missionsgedankens von Großvater und Vater einfach nicht daran. Heute kennen wir die Dokumente und heute lesen wir sie auch anders. Der Protest, die Revolte gegen Repressionen jeder Art, der Aufruf zum Widerstehen haben ihre Wurzel in der Kindheit, in der Revolte des Sohnes gegen den Vater und dessen Erziehungsmethoden, und im Leiden, daß die von ihm abgöttisch verehrte Mutter ihn in ihrer verkrusteten, pietistischen Geisteshaltung nicht verstehen konnte. Ausdruck solchen Schmerzes, solcher Qualen, solcher Verzweiflung sind die Prosastücke der ›Stunde hinter Mitternacht‹, auch wenn manche Adjektive zu gefühlvoll, manche Wortwahl zu sublim anmutet.

Doch diese Prosastücke haben noch eine andere Bedeutung. Seit seinem 13. Lebensjahr wollte Hesse »Dichter oder gar nichts werden«, und der Wunsch festigte sich um so mehr, je heftiger die Eltern dagegen waren und diesen Weg zu verhindern, ja zu verbieten suchten. Die Prosastücke der ›Stunde hinter Mitternacht‹ zeigen seine »Wandlung in's Besondere«, und dieses Besondere ist nichts anderes als sein Dichterberuf. In Tübingen hatte er Goethe studiert, die Spuren Hölderlins verfolgt (an dessen Fragment ›Die Nacht‹ hatte sich sein Wunsch, Dichter zu werden, entzündet), und er hatte an alten italienischen Novellisten und an deutschen Romantikern Sprache und Stil studiert. In der Studie ›Incipit vita nova‹ versucht er zu zeigen, was das Neue seines Lebens sei, was ihn aus der Verzweiflung herausführen könne, eben seine Berufung zum Dichter: »Ich fühlte in meinem aus der Wüste aufgerichteten Leben einen goldenen Grund gelegt, eine Kraft und ein Gesetz, nach welchem, wie ich mit herrlichem Erstaunen empfand, künftig alles Alte und Neue in mir sich in edlen Krystallformen ordnen und mit allen Dingen und Wundern der Welt wohlthätige Bündnisse schließen müßte.« Keimhaft liegen in diesen Prosastücken Motive und Darstellungsformen des späteren Schaffens verborgen. Im ›Traum vom Ährenfeld‹ wird schon Camenzinds Ziel, »der stummen Natur in Dichtungen Ausdruck zu geben«, angedeutet; in dem kurzen Impromptu ›Gespräche mit dem Stummen‹ wird in Wendungen wie »Last der Geständnisse« das deutlich, was Hesses Werk insgesamt charakterisieren sollte, der Drang zum Bekenntnis, der Drang nach Erkenntnis durch Erziehung, durch Selbsterziehung. Hesses Werk ist lebendig, weil es ein Bekenntnis ist. Ein Bekenntnis zu dem, was er erlebt, erlitten hat, das Glück geistiger Triumphe, die Hölle von Gewissensqualen. Dies läßt sich bereits in den Prosastudien ›Eine Stunde hinter Mitternacht‹ erkennen.

Siegfried Unseld

Die Faksimile-Ausgabe
des ersten Prosawerkes von Hermann Hesse,
1899 veröffentlicht im Eugen Diederichs Verlag, Leipzig,
erscheint zum 90jährigen Jubiläum des Verlages,
nun in Köln beheimatet,
mit freundlicher Genehmigung
des Suhrkamp Verlags und mit einem Nachwort
von Siegfried Unseld versehen,
in einer einmaligen Auflage
von 999 numerierten
Exemplaren.

Dieses Exemplar
trägt die Nummer

362

ISBN 3-424-00902-4